Bienvenue à Malte

Échauguette, fort St Angelo.
S. Descamps / hemis.fr

Arriver à Malte

EN AVION

Le seul aéroport de Malte est situé à **Luqa** ***F7***, dans le centre de l'île, à 10 km au sud de La Valette.
À l'arrivée, l'aéroport est relié au reste de l'île par des services fréquents d'**autobus**. Le trajet jusqu'à La Valette prend 20mn environ (bus n^{os} X4, X5, X7, 130 ; un billet coûte 2,60 € et reste valable toute la journée sur le réseau de transport public).
Un service de **taxi** au tarif fixe relie l'aéroport à toutes les destinations dans l'île. Dans le hall d'arrivée, retirez un ticket prépayé avant de le présenter au chauffeur. Comptez 18 € pour rejoindre **La Valette** ***G6*** et 36 € pour **Cirkewwa** ***D3***, où se trouve l'embarcadère pour Gozo.

EN BATEAU DEPUIS L'ITALIE

Plusieurs compagnies de ferry assurent des liaisons régulières entre différents ports italiens et le **Grand Port (Grand Harbour)** de **La Valette**. Les réservations au départ de l'Italie peuvent s'effectuer dans les agences, par Internet et dans les principaux bureaux de tourisme.

Des navires de grandes vitesse relient la Sicile à Malte *(voir p. 92)*. Pour rejoindre ensuite Gozo, un service de ferry garantit le transport quotidien des passagers et des voitures entre les deux îles au départ de Marfa.
L'archipel fait aussi partie des escales dans de nombreux programmes de croisiéristes. Le front de mer (Waterfront) se trouve à quelques minutes du centre de la capitale. Il dispose d'équipements modernes et performants afin de pouvoir recevoir les navires de croisières dans un terminal exempt de taxes (duty-free). Une station de taxi et une station de bateaux-taxi, des bus touristiques et des calèches traditionnelles permettent aux passagers de rejoindre aisément toute destination sur l'île. Le bus n° 130 conduit jusqu'à La Valette. Les plus courageux remonteront à pied le long de Crucifix Hill (25mn).
Pour plus d'informations : **www.vallettawaterfront.com.**
Les nombreux ports de plaisance de Malte et de Gozo sont également une escale ou un port d'attache pour les voiliers.

Pierre = +356 99451757
Three cities Apartment

Comino.
Guido Alberto Rossi / Tips / Photononstop

Les immanquables

notre sélection des plus beaux sites

À Malte, **Blue Grotto★★**
Plan F8 - *p. 40*

À Malte (La Valette), **St-John's Co-Cathedral★★★**
Plan G6 - *p. 19*

À Malte, **Ħagar Quim★★★**
plan E8 - *p. 40*,
ou, à Gozo, **Ġgantija★★★**
plan C2 - *p. 61*

À Malte (La Valette),
Grand Harbour★★★
Plan G6 - *p. 26*

À Malte, **Hal Saflieni Hypogeum**★★★
Plan G7 - *p. 35*

À Malte (La Valette), **Upper Barrakka Gardens**★★★
Plan G6 - *p. 18*

À Gozo, **Azure Window**★
Plan A2 - *p. 59*

À Malte, **Mdina**★★
Plan E6 - *p. 43*

Nos coups de cœur

Aborder La Valette par la mer ou s'en donner l'illusion en se laissant transporter, le temps d'une traversée en ferry ou d'une promenade en bateau, à la grande époque des guerres maritimes que se livraient chevaliers et galères ottomanes. *Voir p. 14.*

Randonner sur les sentiers côtiers de Gozo, respirer l'air du large et se repaître de verdure, même en été, chose suffisamment rare dans l'archipel pour être appréciée. *Voir p. 55.*

R. Schmid / Sime / Photononstop

La Valette.

Partir pour Comino au petit matin et **nager dans les eaux azur du Blue Lagoon** avant que n'arrive la foule. *Voir p. 63.*

S'essayer au snorkeling autour de Cominotto. *Voir p. 98.*

Se laisser éblouir par la magnificence des décors tout en dorures et *pietra dura* de la co-cathédrale St-Jean et **s'amuser** du caractère tour à tour cocasse ou moraliste **des vanités** qui ornent les plaques commémorant les moines-chevaliers. *Voir p. 19.*

Dans l'oratoire de la co-cathédrale St-Jean, **contempler les clairs-obscurs** de la *Décollation de saint Jean-Baptiste* de **Caravage** auxquels nulle photo ne rendra jamais justice. *Voir p. 20.*

Aux heures les plus chaudes de la journée, **s'enfoncer sous terre pour découvrir les mystères du Ħal Saflieni Hypogeum** et approcher *The Sleeping Lady*, seule rescapée d'une civilisation disparue. *Voir p. 35.*

Admirer à Ġgantija et Xagħra le contraste saisissant entre l'impression de force massive qui se dégage des sites préhistoriques et la délicatesse des minuscules sujets sculptés retrouvés au creux des blocs de pierre. *Voir p. 61.*

Se perdre dans les rues silencieuses de Mdina en fin d'après-midi, lorsque la lumière rasante pare d'or et de splendeur la cité du silence. Du haut des remparts, se sentir soudain proche des Anciens qui, constamment sous la menace des invasions venues de la mer, surent faire de cette éminence naturelle un parfait point de guet. *Voir p. 43.*

Entre mai et septembre, **se mêler aux Maltais lors des festas** qu'organise en l'honneur de son saint patron chaque ville ou village. Déambuler dans les rues décorées et illuminées et, au son des fanfares, **se régaler de pastizzi, de qassatat, de nougats et de imqaret**. *Voir p. 125.*

Vivre un dimanche à la maltaise et rejoindre la foule joyeuse venue saluer en famille le retour des pêcheurs à Marsaxlokk avant de **s'attabler** pour le repas dominical **autour d'un plat de poissons frais** dans l'un des restaurants qui bordent le port. *Voir p. 39.*

Retrouver son âme d'enfant et **laisser libre cours à son imagination, nourrie du potentiel romanesque de l'archipel** : criques et grottes propices à abriter de dangereux corsaires venus y cacher leurs plus précieux trésors, mystérieux temples préhistoriques évoquant l'Atlantide, forteresses médiévales, abris et passages creusés dans la roche pendant la dernière guerre mondiale...

Ph. Renault / hemis.fr

La Valette, palais du Grand Maître.

Flâner dans les rues de La Valette à la nuit tombée et **se laisser guider par des notes de jazz** jusqu'à la terrasse où l'on sirotera une *Cisk* ou un *kinnie*.

Regarder le soleil se coucher sur l'**Azure Window** (qui n'est pas sans évoquer une fameuse Aiguille creuse). *Voir p. 59.*

Écouter parler maltais, langue savoureuse et sans pareille, qui conserve l'empreinte de tous les peuples qui dominèrent successivement l'archipel et que les Maltais entrecoupent volontiers d'anglais ou d'italien. **Oser** prendre l'initiative de **la conversation** d'un chaleureux *bongu* (prononcer « bondjou ») !

Malte en 3 jours

PREMIER JOUR

▶ *Matin*

À **La Valette**, chef-d'œuvre construit de toutes pièces par les Chevaliers, au 16e s., ne manquez pas de visiter les **Upper Barrakka Gardens** *(p. 18)* et la **co-cathédrale St-Jean** *(p. 19)*. Promue centre administratif et politique de l'archipel, la ville n'en a pas pour autant perdu son âme. Vous le découvrirez en flânant sur **St Paul Street** où les vieux commerces côtoient les agences de design les plus en pointe, en vous laissant entraîner au gré du relief jusqu'au **fort St Elmo** *(p. 26)* ou vers la mer qui apparaît souvent à l'angle (toujours droit) des ruelles.

Bon à savoir – Si vous logez du côté (très touristique) de Sliema, St Julian's ou Paceville, vous aurez la chance d'aborder La Valette par la mer, en empruntant le ferry qui traverse Marsamxett Harbour. Venant de l'aéroport ou d'un autre endroit de l'île, vous serez vite familier du réseau de bus bien développé (mais souvent ralenti aux abords de La Valette).

▶ *Après-midi*

À l'heure de la sieste, La Valette s'endort ! Partez donc pour les **Trois Cités** vous immerger dans l'histoire maltaise, qu'il s'agisse de Préhistoire à l'**Hypogeum** (attention, réservation obligatoire, *p. 35*) ou d'époque contemporaine au musée **Malta at War Time** *(p. 32)*, avant de partir à la découverte des palais de **Vittoriosa** et des quais de **Senglea**. Pour rentrer à La Valette, préférez le bateau et profitez de l'occasion pour faire un tour dans le **Grand Harbour**.

▶ *Soir*

Longtemps désertée par la jeunesse qui lui préférait les clubs de Sliema ou Paceville, la capitale tient maintenant sa riposte. Amateurs de *night life* bruyante et branchée, passez votre chemin. Si la perspective d'un bon repas tranquille suivie d'une flânerie autour du **palais du Grand Maître** *(p. 20)* vous tente davantage, vous trouverez votre bonheur à La Valette, dont les rues se parent de mystère, la nuit venue.

Ph. Renault / hemis.fr

La Valette, St Paul Street.

DEUXIÈME JOUR

▶ *Matin*

Partez de bon matin pour la **Blue Grotto** *(p. 40)* pour embarquer sur l'une des *dgħajsa* qui mènent jusqu'aux grottes. Gagnez ensuite le port de **Marsaxlokk** *(p. 39)* pour flâner le long du port et observer le marché aux poissons avant de vous attabler à l'une des nombreuses terrasses pour y déjeuner.

▶ *Après-midi*

En fonction de vos envies, optez pour la plage à **Pretty Bay** ou **Għar Lapsi** *(p. 42)*, le site préhistorique d'**Ħagar Quim** *(p. 40)* ou une promenade le long des falaises **(Dingli Cliffs**, *p. 42***)**. En fin d'après-midi, partez à la découverte de **Mdina** *(p. 43)* et rejoignez ensuite **Rabat** où vous trouverez sans peine d'agréables endroits où dîner.

▶ *Soir*

Joignez-vous à la *festas* du moment.

Bon à savoir – Si vous n'avez pas de voiture, la formule « Hop on, hop off » *(voir p. 103)* est toute indiquée.

TROISIÈME JOUR

▶ *Matin*

Comptez une heure pour rejoindre Il Ponta tal-Marfa d'où partent très régulièrement les ferries pour Gozo. Une fois débarqué à Mġarr, gagnez **Victoria** *(p. 56)* pour visiter la citadelle qui offre une vue magnifique sur l'île, avant de déjeuner sur It-Tokk.

▶ *Après-midi*

Si vous n'avez pas pu visiter Ħagar Quim la veille, allez donc découvrir la civilisation préhistorique maltaise à **Ġgantija** *(p. 61)*, avant de partir à la découverte des plus belles plages de l'île *(voir notre sélection sur le plan détachable)*. Pourquoi ne pas vous essayer à la plongée ou au kayak de mer (nombreuses possibilités d'initiations et stages à **Xlendi**) ? Enfin, si la marche à pied ne vous rebute pas, partez plein nord pour **Wied il-Mielaħ** *(p. 59)* qui vous mènera à travers de beaux paysages jusqu'à une arche moins fréquentée mais tout aussi belle que l'**Azure Window**.

▶ *Soir*

Gozo, plus verte et plus sauvage que Malte, offre de nombreuses criques et retraites à l'écart des sentiers battus. Pensez à vous munir d'une miche de ħobża, de quelques ġbejniet, d'olives et de tomates, pour improviser à l'endroit qui vous siéra un savoureux pique-nique avec vue sur la mer.

Bon à savoir – Côté souvenirs, Gozo possède de nombreuses ressources : sur le marché d'**It-Tokk** (et dans les boutiques alentour) de Victoria, comme au **Ta'Dbiegi Crafts Village** de **San Lawrenz** *(p. 82)*, vous aurez le choix entre produits alimentaires (miel, olives, fromages), céramiques, verreries ou textiles (dentelles, tapis de laine blanche nouée, pulls)...

Jour 4 : farniente à Comino

De Mġarr (Gozo) ou Marfa (Malte), embarquez tôt le matin pour Comino où vous passerez une agréable journée de détente autour du Blue Lagoon (p. 63). Pour panacher votre journée avec un tour de l'île en bateau ou quelques heures de kayak, de snorkeling ou de plongée, renseignez-vous avant votre départ (voir p. 98).

Visiter Malte

Comino, blue lagoon.
imagebroker / hemis.fr

Malte aujourd'hui

À trois heures de la France, Malte promet un dépaysement complet… sans changer d'habitudes : on y paie en euros ; on y parle anglais ; les bus sont à l'heure… mais ceci ne dit rien de ce qu'est vraiment Malte, étonnante destination qui réserve aux voyageurs plus d'une (belle) surprise.

Entre Orient et Occident

Malte se situe précisément au cœur de la Méditerranée, à égale distance de chacune de ses rives nord et sud, est et ouest (*voir carte p. 111*). Cette position unique en fait une île africaine, proche des côtes tunisiennes et libyennes, mais également européenne. **Membre depuis 2004 de l'Union européenne**, l'archipel est aussi, avec ses 415 000 habitants (soit à peu près la population de Toulouse), le plus petit des États de l'Union.

Convoitée par tous, depuis toujours, pour sa situation stratégique, Malte est **un musée vivant de l'histoire méditerranéenne**. Ce livre de pierre peut être feuilleté en trois jours mais chaque page mérite que l'on s'y attarde.

Malte entraîne ses visiteurs au bord du mystère de l'histoire avant l'histoire, illustré par de nombreux **sites mégalithiques** classés au Patrimoine mondial de l'Unesco.

De l'Empire romain à l'époque contemporaine, l'île vécut ensuite une longue série d'occupations et de libérations, d'**échanges** de tous ordres entre les Maltais et les autres peuples, d'enrichissements mutuels.

Le patrimoine architectural et artistique remarquable témoigne de cette histoire parfois violente. L'arrivée de l'**ordre des Hospitaliers de Saint-Jean de Jérusalem** au 16e s. déclencha une formidable campagne de constructions au triple caractère militaire, religieux et décoratif. Multinational, avec ses huit « langues », l'Ordre irrigua Malte de l'or des chevaliers et des exigences artistiques de ces Français, Italiens, Anglais, Espagnols, Allemands et Portugais. Du Grand Siège de 1565 aux violents combats de la Seconde Guerre mondiale, Malte a joué un rôle clé qui ne laissera aucun visiteur insensible.

Une identité singulière

Ce riche passé permet aujourd'hui à Malte d'affirmer une identité singulière aux **multiples facettes** : la seule langue sémitique d'Europe, avec un alphabet latin ; un long passé d'échanges avec l'Italie, si proche qu'on peut apercevoir la Sicile quand le temps est très clair ; le souvenir de la domination britannique, encore palpable dans le code de la route et l'appartenance au Commonwealth ; la pérennité de traditions séculaires qui s'expriment dans les fêtes votives et religieuses, auxquelles participe toute la population, et qui culminent dans des feux d'artifice insensés.

À l'heure de la mondialisation, Malte puise dans ces expériences passées un formidable dynamisme. Ici, l'expression **« révolution Internet »** a pris tout son sens : rompant l'isolement insulaire, le *web* a apporté à la population une ouverture inédite sur le monde. Facilitant les échanges commerciaux et culturels, les nouvelles technologies ont rendu possibles des activités pour le développement desquelles la distance n'est plus un problème. Malte se fait ainsi connaître au reste du monde. La jeunesse européenne apprécie la destination pour apprendre l'anglais au soleil et se rassemble, l'été venu, à la tombée de la nuit dans des quartiers qui, devenus piétonniers, laissent place aux DJ du monde entier.

Plus qu'une île, un archipel

L'île principale présente deux visages, selon que l'on visite le nord avec son front de mer aménagé, urbanisé, ses beaux hôtels, ses magasins à la mode, ou le sud sauvage avec ses falaises, ses petits ports de pêche, ses fermes ancestrales. Que l'on s'y rende en été ou en hiver, on passe du règne minéral – avec ces longs murs qui entourent les champs et qui protègent les jardins bordés de figuiers de barbarie ou de palmiers – au règne végétal quand l'éclosion du printemps en janvier transforme les étendues sauvages de l'île en jardin odoriférant et coloré de fleurs sauvages.

Malte, c'est aussi **Gozo**, île proche à la fois semblable (quelques villes portent le même nom) et différente, moins urbaine et plus sauvage, avec ses salines antiques et actuelles, ses plages de rochers ou de sable, villégiature pour les Maltais qui y passent leurs week-ends ou leurs

J. Nicolas / hemis.fr

Senglea/Isla.

vacances et que les **plongeurs** ne se lassent pas de fréquenter. Avec ses airs d'île au trésor, **Comino**, rocher balayé par les vents, se prête au *far niente* comme aux aventures imaginaires.

Malte, c'est aussi une succession de beaux **ports naturels** qui peuvent abriter les plus gros voiliers et paquebots du monde, entre lesquels naviguent sans difficultés les *dgħajsa* (petites barques traditionnelles) arrivées avec les Phéniciens et qui servent encore aujourd'hui.

Malte c'est, enfin, un archipel d'îles mystérieuses et secrètes, où il fait bon vivre **chaque instant de l'année**. C'est le pays du caméléon qui sait si bien se cacher, le pays des Maltais insulaires, discrets et hospitaliers...

La Valette★★★

La capitale maltaise classée au Patrimoine mondial de l'Unesco, justifie à elle seule le voyage. Pour en saisir pleinement le charme, il suffit de se laisser aller au gré des pentes, de descendre jusqu'à la mer et de remonter par une de ces ruelles où le temps semble s'être arrêté. La situation exceptionnelle de La Valette perchée sur un éperon rocheux, en fait d'autant plus apprécier la géométrie de ses rues, exploit d'urbanisme à l'époque de sa construction au 16e s. Ville dynamique et commerçante, ici se trouve le cœur politique de l'archipel où siègent les plus hautes autorités de l'État.

▶**Accès :** Gare routière, en contrebas de la place de la Fontaine aux Tritons à l'entrée de la Valette (St James Ditch, ***B2***), terminus de toutes les lignes de bus (tlj 5h30-22h30/23h selon destination). Liaison La Valette-Sliema par ferry-navette, départ depuis le quai Mandareggio à La Valette ***A2***.
Si vous arrivez du **Waterfront**, sachez qu'un ascenseur panoramique permet de rejoindre la partie haute de la ville directement depuis les quais du Waterfront.
Plan de la ville p. 17. Plan détachable G6.

▶**Conseil :** Visiter la ville à pied. Profiter de la meilleure vue sur le Grand Harbour depuis les Upper Barrakka Gardens, les jardins à l'entrée de la ville.
Bon à savoir – Le **Valletta Multi Site Ticket** (20 €, avec audioguide 30 €) est intéressant uniquement si vous visitez tous les sites inclus dans l'offre.

« La Valette me surprend comme une des plus belles cités que j'ai jamais visitées, quelque chose entre Venise et Cadix » écrit Disraeli. La Valette n'est pas seulement le plus beau fleuron de Malte, c'est aussi **une des plus grandes villes fortifiées au monde.** Voulue par le Grand Maître français, Jean de La Valette, juste après le Grand Siège de 1565 *(voir p. 114)*, elle est la première ville construite sur plan, dessiné par l'architecte Francesco Laparelli (architecte de Cosme de Médicis, *voir p. 124*). Ville imprenable grâce à ses solides défenses, sa construction devait empêcher à jamais les Turcs de menacer l'archipel.

Son découpage géographique qui évoque Manhattan ou Los Angeles et sa petite superficie, empêchent que l'on s'y perde. L'architecte n'ayant pas réussi à niveler cet éperon rocheux faute de temps, la ville présente une succession de montées et de descentes, d'escaliers, bordés par de magnifiques demeures de pierres dorées, ornées de balcons, au rez-de-chaussée transformé parfois en boutique. Elles présentent toutes des détails d'architecture étonnants et différents. La Valette étant bordée par la mer sur trois côtés, on découvre une échappée sur la Méditerranée de la plupart des rues.

La visite des principales curiosités de la capitale peut se faire dans la journée, mais pour véritablement les apprécier, il faut davantage s'attarder. Si vous êtes fatigué, vous pouvez toujours héler un *karrozin* (calèche à 4 places) qui propose différents circuits entre les monuments de La Valette.
La visite, à pied, commence aux portes de la ville, place de la Fontaine aux Tritons (Triton Foutain), ancien terminus des bus de l'île. La nouvelle City Gate (porte d'entrée de la ville) et les bâtiments adjacents, souhaitent la bienvenue aux visiteurs et aux autochtones. Vous voici alors bien engagé sur l'éperon rocheux sur lequel la ville est bâtie.

CITY GATE★

(Bieb il-Belt)
B2 *Pl. de la Fontaine aux Tritons et Freedom Square.*
Gravement endommagée pendant la Seconde Guerre mondiale, reconstruite une première fois sans faire l'unanimité au moment de l'accession à l'indépendance de Malte (1964), la porte de La Valette (appelée tour à tour *City Gate, Putirjal* ou *Bieb il-Belt*) a fait récemment l'objet d'imposants travaux de rénovation, sous la direction de l'architecte Renzo Piano. Outre la porte d'entrée, le projet comporte la construction du nouveau siège du Parlement et la rénovation d'un théâtre du 19e s. *(voir plus bas)*.
Le nouveau visage de la **City Gate** réinterprète de façon contemporaine les plans originels (1633). Peut-être inspiré par Lamartine qui parlait de La Valette comme d'une ville « qui semble sculptée dans le rocher vif », Piano a réussi à faire du seuil de la ville fortifiée un espace ouvert et dépouillé, monumental sans être écrasant. L'usage d'un seul matériau – ce calcaire ocre qu'on retrouve dans toute l'île, travaillé de manière très contemporaine, lisse et sans fioriture – unifie l'ensemble.
En arrivant par le pont-passerelle jeté sur les douves, le visiteur embrasse la cité dans toute sa hauteur, du fond des fossés au sommet des remparts. Comme un écho aux falaises de l'île, deux énormes blocs de pierre

La Valette, capitale européenne de la culture 2018

Choisie pour être Capitale européenne de la culture en 2018, La Valette vit actuellement une période d'intenses préparatifs en vue d'accueillir les milliers de visiteurs qui pourraient visiter la ville et Malte à cette occasion. Certains, comme l'aménagement de l'entrée de la ville confié à Renzo Piano, sont orchestrés par les autorités locales. D'autres sont portés par la population, consciente des opportunités économiques qui accompagneront cet événement. Longtemps délaissée en raison de son caractère clos et incommode, la capitale trouve un nouvel souffle. En témoigne le retour dans la vieille ville d'une population jeune et créative qui tire parti de l'habitat ancien pour y ouvrir cafés, restaurants, agences d'architecture ou de design. www.valletta2018.org.

encadrent le passage. Devant leur aspect massif et nu, on ne peut s'empêcher de penser à l'effort que la cité a dû consentir pour édifier ses fortifications au 17e s., quand on ne disposait pas des moyens de construction modernes. Signe des temps, la porte autrefois fortifiée et soigneusement gardée, se présente aujourd'hui comme une brèche dans la muraille, laissant libre cours au flux ininterrompu des habitants et des touristes. Elle ouvre une perspective sur la rue principale de la ville, **Republic Street**, brouillant la frontière traditionnelle entre intérieur (la cité fortifiée, la maison, l'intime, le refuge) et extérieur (les faubourgs, la rue, l'étranger, le danger). À l'intérieur, derrière cette porte monumentale, deux vastes escaliers latéraux mènent en pente douce en haut des remparts.

Le parlement maltais, longtemps installé dans le Palais du Grand Maître, siège désormais dans le **New Parliament Building** (*encore en travaux au moment de la rédaction de ce guide*) dont la façade alterne les volumes vides et pleins, ouverts et fermés. Au-dessus d'un rez-de-chaussée largement vitré, s'élève l'étage principal, tout en pierre, parcouru d'encoches et de pointes taillées en biais qui ne sont pas sans rappeler ces meurtrières dans les forteresses médiévales, par lesquelles on pouvait voir sans être vu.
Dans la prolongation du parlement, du côté droit de la Republic Street, le **Royal Opera House Ruins Theater** est une scène à ciel ouvert, structure volontairement moderne, légère et comme éphémère, aménagée sur les vestiges de la Royal Opera House détruite durant la Seconde Guerre mondiale.

SE LOGER

Manoel Theater Apartments........ 5
Osborne (Hôtel) 3
Palazzo Prince d'Orange........ 17
Palazzo San Pawl 1
Phoenicia (Hôtel) 4
Valletta Suites........ 2

SE RESTAURER

Ambrosia........ 3
Cockney Bar & Restaurant.... 28
Da Pippo Trattoria........ 1
Giannini Ristorante........ 5
Guze Bistro........ 27
Michael's at the Civil Service Sport Club........ 41
Palazzo Preca........ 7
Phoenix Restaurant........ 4
Rubino........ 2
Socjeta' Filamonica Nazzjonali........ 23
Ta Nenu Bakery........ 6
Wild Honey........ 29
Zero Sei........ 30

PRENDRE UN VERRE

Angelica Café........ 57
Café Cordina........ 54
Caffé Jubilee........ 52
Charles Grech........ 53
Palm Court Lounge........ 55
Piadina Caffé........ 1
San Paolo Naufrago........ 51
Trabuxu........ 56

SORTIR

St James Cavalier - Centre for Creativity........ 80

SHOPPING

Agenda's........ 5
Camillieri & Sons........ 2
Galea's Art Gallery........ 3
Les Halles........ 6
Pjazza Traders........ 4
The Wembley Store........ 1

Bibliotheca........B
Pjazza Teatru Rjal........P

LA VALETTE
CENTRE
0
100m
N
A
B
1
2
Fort St Elmo
GRAND
HARBOUR
National War Museum
The Malta Experience
Sacra Infermeria
MEDITERRANEAN CONFERENCE CENTRE
Triq Il Fontana
Triq it-Tramuntana
Triq L-Isptar Il-Qadim
Triq Il-Mediterran
AUBERGE D'ANGLETERRE ET DE BAVIERE
Casa Rocca Piccola
Triq San Bastian
Pawl
Ursula
Duminiku
Triq
San
L-Ifran
Merkanti
Lower Barrakka Gardens
Il-Punent
Republika
Kristofru
Georg Cross Theater
Misrah San Gorg
AUBERGE D'ARAGON
Carmelite Church
Sant
Arcisqof
Manoel Theatre
Grand Master's Palace
Triq Marsamxett
Triq it-Teatru L-Quadim
MISRAH IR-REPUBBLIKA
B
Triq Il-Levant
St Paul Shipwrecked
Triq it-Teatru L-Quadim
MISRAH L-ASSEDJU L-KBIR
Triq Santa Lucija
ST JOHN'S CO-CATHEDRAL
LAW COURTS
San Gwann
MISRAH SAN GWANN
SLIEMA
MARSAMXETT
National Museum of Archeology
The Fortress Builders
Triq Melita
AUBERGE D'ITALIE
Palazzo Parisio
Lascaris War Rooms
Triq Nofs-In-Nahr
Auberge deCastille et León
OLD CUSTOMS HOUSE
National Museum of Fine Arts
Our Lady of Victories
VITTORIOSA
HASTINGS
MISRAH IL-HELSJEN
St John's Cavalier
St James Cavalier
Upper Barrakka Gardens
GARDENS
Triq L-Assedju L-Kbir
City Gate
House of Parliament
ITALIA
Triton Fountain
KALKARA
Vjal Nelson
Triq Girolomu Cassar
GARDENS
Triq L-Assedju L Kbir
Triq Il-Mall
Triq Sarria
Triq Pinto
FLORIANA
WATERFRONT

Ph. Renault / hemis.fr

La Valette avec, au premier plan, le fort St-Elme.

AUBERGE DE CASTILLE ET LEÓN★

B2 *Pl. de Castille. Ne se visite pas.* C'est l'un des plus beaux édifices historiques de la ville, ancien foyer de l'une des Langues des Chevaliers de Malte. On dénommait « Langue » une unité nationale ou régionale de l'Ordre des Hospitaliers de Saint-Jean qui en comptait 8 (dont trois françaises) : France, Auvergne, Provence, Angleterre, Aragon, Castille, Allemagne et Italie. Chacune possédait sa propre auberge, regroupant logement, chapelle et réfectoire autour d'une cour centrale. L'Auberge de Castille et León, merveilleux bâtiment baroque, est le plus bel exemple du genre à avoir survécu. Il abrite maintenant les services du Premier ministre.

UPPER BARRAKKA GARDENS★★★

B2 La position dominante de ces jardins ombragés (anciens terrains de jeux des Chevaliers), en terrasses, agrémentés de fontaines, de plans d'eau, de belles statues, offre une **vue**★★ incomparable sur le grand port – une des plus extraordinaires de l'île. De gauche à droite, on aperçoit le chenal d'accès au port, les Trois Cités *(voir p. 29)*, et les multiples criques dont l'une qui abritait les galères de l'Ordre accueille maintenant les plus grands yachts ou voiliers du monde.

Un ascenseur panoramique relie en quelques minutes ces jardins et la partie haute de la ville au Waterfront.
The Saluting Battery – *Depuis les jardins, descendre les escaliers face à la fontaine - ✆ 2122 5277 - www.salutingbattery.com - tlj 10h-17h - visites guidées en anglais tlj à 11h et 12h10 et 15h - 2 € (visite incluse) - location d'audioguide 1 €*. Tous les jours à midi et 16h, des coups de canon sont tirés, pour commémorer l'usage de l'importante batterie qui, du 16e s. à la Seconde Guerre mondiale, rythmait la vie militaire et les cérémonies officielles de La Valette.
Lascaris War Rooms – *Lascaris Ditch - ✆ 2123 4717 - www.lascariswarrooms.com - tlj 10h-17h, dernier tour à 16h15 - 10 €, réduit 5 €*. Ce labyrinthe de salles souterraines a servi de quartier général aux opérations de la Seconde Guerre mondiale. Il est « habité » de personnages et de reconstitutions grandeur nature dont on peut suivre les détails grâce à une visite audioguidée.
À partir d'Upper Barrakka Gardens, vous pourrez poursuivre votre visite en empruntant **Republic Street** ou **Merchants Street** en direction des principaux monuments, ou encore par la très étroite et très typique **rue Ste-Ursule** *(voir p. 57)* qui descend à l'aide de trottoirs-escaliers jusqu'aux Lower Barakka Gardens.

REPUBLIC STREET

(Rue de la République - Triq Ir-Repubblika)
B1-2 Cette rue piétonne est la rue principale de La Valette. Elle mène du seuil de la ville *(voir City Gate, p. 15)* au fort St-Elmo, passant entre autres par deux des monuments les plus importants de la ville, la St John's co-cathedral et le Palais du Grand Maître *(voir ci-après et p. 22)*.
Auparavant, vous aurez vu deux fortifications : **St James Cavalier** *(place de Castille - ✆ 2122 3200 - www.sjcav.org - 10h-22h)*, très belle et large tour du 16e s., a été transformée en centre culturel avec salle de cinéma, de concert et de théâtre. Ce lieu magnifiquement rénové accueille également des expositions temporaires de toute nature ; **St John Cavalier**, immense bastion appartient encore à l'Ordre de Malte (son rez-de-chaussée est ouvert au public).

ST JOHN'S CO-CATHEDRAL★★★

(Co-cathédrale et musée St Jean)
B2 *St John St Misraf L-Assedju L-Kbir, entrée latérale Republic Street- ✆ 2122 0536 - www.stjohnscocathedral.com - lun.-vend. 9h30-16h, sam. 9h30-12h - 6 € (-12 ans gratuit), audioguide. Messes en semaine : 7h30, 8h30 ; dim. : 7h15, 8h, 9h15, 11h, 12h, 17h30 (hiver), 18h (été).*
La principale église de Malte est un chef-d'œuvre unique de l'art baroque. Son austérité extérieure est démentie dès l'entrée par la magnificence des sculptures, dorures, peintures et autres embellissements intérieurs qui en font son originalité unique.
La cathédrale fut construite par le grand architecte maltais Gerolamo Cassar *(voir Pour en savoir plus p. 124)* entre 1573 et 1577, pour les Chevaliers de Malte, mais décorée seulement un

siècle plus tard. La **voûte**, véritable chef-d'œuvre, déroule des scènes de la vie de saint Jean-Baptiste, peintes par Mattia Preti, à qui l'on doit également la plupart des tableaux des chapelles. Ces chapelles sont chacune dédiées à une langue *(voir Pour en savoir plus p. 118)*. Les plus proches du chœur sont françaises (*actuellement en rénovation*). Le sol est une incroyable marqueterie de marbres polychromes, composée par **400 pierres tombales** sous lesquelles reposent évêques et Chevaliers de Malte, descendants des familles les plus nobles de tous les pays d'Europe. Les inscriptions gravées sur ces pierres évoquent l'histoire de l'Europe des 17e et 18e s. Les douze Grands Maîtres, dont La Valette, le fondateur de la cité, reposent dans la crypte *(actuellement fermée au public)*.

Dans l'oratoire se trouvent deux impressionnants tableaux de Caravage *(voir Pour en savoir plus p. 121), La Décollation de saint Jean-Baptiste* qui est à sa place d'origine, et *Saint Jérôme*, chef-d'œuvre de vanités. À l'entrée, un Christ en bois, peint par Polydore de Caravage indique le chemin de l'oratoire qui comprend également un orgue magnifique du 16e s. et des peintures de Mattia Preti.

La plupart des trésors de la cathédrale sont abrités dans son **musée.** On peut également y admirer une vaste collection d'objets de culte ainsi que d'immenses **tapisseries** flamandes.

Excellente librairie à la sortie.

REPUBLIC SQUARE

(Place de la République - Misraf Ir-Repubblika)

B2 Sur cette place bordée d'arcades se dresse la **Bibliotheca**★ (Bibliothèque Nationale), élégant bâtiment construit par le Grand Maître Emmanuel de Rohan destiné à l'étude et à la conservation des archives des Chevaliers tenus de léguer leurs livres à l'Ordre. On y trouve notamment la correspondance des Grands Maîtres avec les souverains et princes régnants. On y expose bon nombre de documents, livres et manuscrits d'un grand intérêt historique qui justifient une visite.

Cette place sert en grande partie de terrasse, entre autres au **Café Cordina**, ancienne trésorerie de l'Ordre de St-Jean. Créé en 1837, cette adressee est une institution pour les Maltais et un lieu incontournable où vous pourrez vous rafraîchir. Il est intéressant aussi de s'installer à l'intérieur du salon de thé pour admirer le splendide plafond peint par Giuseppe Cali *(voir Nos Adresses p. 74 et photo p. 64)*.

GRAND MASTER'S PALACE★★★

(Palais du Grand Maître)

B1 *Palace Square - ✆ 2124 9349 - http://heritagemalta.org - appartements 10h-15h30, armurerie 9h-16h30, fermé 24, 25 et 31 déc. et Vendredi saint - 10 € - inclus dans le Valletta Multisite Ticket et le Heritage Malta Multisite Pass (voir p. 105).*

Attention, le palais qui abrite également la présidence de la

Co-cathédrale St-Jean.

République maltaise peut être fermé à la visite sans préavis.
Ce palais fut l'un des premiers bâtiments élevés dans la nouvelle cité. Construit en 1571 par le même architecte que St Jean, Gerolamo Cassar, il fut occupé par les Grands Maîtres successifs jusqu'au départ de l'Ordre en 1798. Il abrite l'actuelle présidence de la République. Jusqu'en 2014, le bâtiment était le siège du parlement maltais, désormais transféré Republic Street *(voir p. 16)*.
Entre la visite de la salle d'armes et des appartements, vous pourrez vous reposer à l'ombre des ficus dans l'une des deux cours intérieures du palais, Neptune Court et Prince Alfred Court.
Au rez-de-chaussée, l'**Armoury Museum** (musée de l'Armurerie), abrite une des plus riches collections d'Europe rassemblant quelque 6000 armes et armures, y compris celle incrustée d'or du Grand Maître français Alof de Wignacourt (1601-1622) ainsi qu'une cote de maille appartenant au corsaire Dragut *(voir Pour en savoir plus p. 131)*. Les **Palace State Rooms** (appartements), auxquels on accède en suivant des couloirs impressionnants bordés d'armures et décorés de portraits de Grands Maîtres, présentent eux aussi un grand intérêt. Parmi l'ensemble des pièces à visiter deux d'entre elles méritent que l'on s'y arrête. La **Chambre du conseil** qui renferme une collection unique de tapisseries des Gobelins représentant la flore et la faune de pays exotiques et la **Salle du grand conseil** ornée de magnifiques fresques de Matteo Perez d'Aleccio, élève de Michel-Ange, qui racontent en image le Grand Siège *(voir Pour en savoir plus p. 122)*. Les autres pièces renferment toutes des trésors, parmi lesquels *Louis XV jeune*, peint par van Loo, *L'Entrée à Mdina du Grand Maître L'isle-Adam* par Favray *(voir Pour en savoir plus p. 123)*, et un important mobilier.

CASA ROCCA PICCOLA

B1 *74 Republic Street - ✆ 2122 1499 - www.casaroccapiccola.com - lun.-sam. 10h-16h, visite guidée obligatoire, départ chaque heure - 9 € (5 €).*
Ce petit hôtel particulier du 16e s. qui se trouve à deux pas du Palais du Grand Maître est la seule demeure privée de La Valette à être ouverte au public. Autrefois rattachée à l'Auberge d'Italie, elle abrite encore une des familles de la noblesse maltaise. Un des membres de la famille, le marquis de Piro, se charge de guider les visiteurs. Meubles, tableaux, objets lui permettent d'évoquer la manière de vivre d'une grande famille maltaise.

NATIONAL MUSEUM OF ARCHEOLOGY★★

(Musée national d'Archéologie)
A2 *Republic Street, ✆ 2123 9375 - http://heritagemalta.org - tlj 9h-18h15, fermé 24, 25 et 31 déc. et Vendredi saint - 5 € (3,50 €) - inclus dans le Valletta Multisite Ticket et le Heritage Malta Multisite Pass (voir p. 105).*
Ce très beau musée occupe l'Auberge de Provence, seule auberge française encore existante (les deux autres, France et Auvergne, ont été détruites

pendant la Seconde Guerre mondiale). Cet édifice, qui en lui-même est un monument à visiter, a été construit en 1571 par Gerolamo Cassar. Il abritait les Chevaliers français.

Bon à savoir – Si vous êtes intéressé par la préhistoire dont Malte conserve d'étonnants vestiges *(voir Pour en savoir plus p. 113)*, l'idéal est de vous rendre d'abord sur un ou plusieurs sites mégalithiques accessibles à la visite. Vous apprécierez d'autant plus le nombre, la diversité et l'ancienneté des objets présentés dans le musée. Les vestiges néolithiques et des âges du bronze, du fer et de l'occupation romaine bien présentés y abondent. Ils retracent l'histoire de l'occupation humaine de Malte vieille de 7000 ans. En vedette figurent les célèbres statues : la Vénus de Malte trouvée à Ħagar Quim (*voir p. 40*) et la *Femme endormie*, exhumées de l'hypogée (*voir p. 35*). D'énormes dalles de pierre provenant des temples datant du 4e millénaire av. J.-C. et décorées de motifs en spirales sont exposées au rez-de-chaussée.

MERCHANTS STREET

(Rue des marchands - Triq Merkanti)

B1-2 Artère bien nommée et très animée, puisque vous trouverez là bon nombre de boutiques, notamment beaucoup de bijouteries. Juste à l'entrée de cette rue sur la gauche se situe **Our Lady of Victories** (Notre-Dame-des-Victoires, ***B2***), la plus ancienne église construite en 1566 à La Valette pour commémorer la victoire du Grand Siège. Elle a abrité le cercueil du Grand Maître G. de La Valette avant qu'il ne soit inhumé définitivement dans la co-cathédrale.

Vous longerez ensuite le **Palazzo Parisio** (Palais Parisio, ***B2***), vaste palais du 18e s., actuellement occupé par le ministère des Affaires Étrangères. Bonaparte s'y installa durant son bref séjour à Malte *(voir Pour en savoir plus p. 115)*.

La rue est bordée de nombreux autres palais tous différents les uns des autres. À l'angle de la Old Theatre Street, les **halles** du marché se distinguent par leur style Art nouveau, rare à Malte (un peu décati aujourd'hui, l'intérieur vaut le coup d'œil, y compris pour la présence incongrue d'escalators à la fois anachroniques et terriblement datés...).

L'**Auberge d'Italie** (***B2***), qui abritait les Chevaliers italiens, construite en 1574 par Cassar est le siège du ministère du Tourisme ou Malta Tourism Authority (MTA). C'est ici que sont regroupés actuellement les services ouverts aux touristes. En prenant à droite la rue Ste Lucie, vous tombez sur la rue St Paul qui abrite l'église de St Paul Naufragé.

CHURCH OF ST PAUL SHIPWRECKED★

(Église de St Paul Naufragé - Triq Santa Lucija)

B2 Cette petite église, dont la façade présente toutes les caractéristiques du baroque maltais, est l'un des trésors de La Valette. Érigée en commémoration de l'arrivée de saint Paul à Malte, reconstruite en 1639, son intérieur est richement décoré. Il s'agit d'une des églises préférées des Maltais, qui vouent un culte particulier à saint Paul. Elle renferme un important trésor en argenterie et la remarquable statue en bois doré réalisée par Melchior Gafa, ainsi que des peintures admirables (d'Aleccio, et de Favray entre autre). Si vous êtes à Malte le jour de la fête de St Paul Naufragé le 10 février, il faut absolument vous y rendre *(voir Pour en savoir plus p. 126 et Agenda culturel p. 95)*.

ST URSULA STREET

(Rue Sainte Ursule - Triq Santa Ursula)

B1-2 Elle se situe immédiatement à droite d'Upper Barrakka Gardens. C'est une des rues les plus agréables de la ville. Elle est bordée d'un nombre considérable de belles maisons dont toutes ne sont pas encore restaurées. Elle permet de descendre jusqu'aux **Lower Barrakka Gardens**. Ces jardins se situent sur le bastion St James. Il s'agit d'une halte agréable et verdoyante avant de poursuivre la visite des lieux historiques, notamment l'hôpital créé par les Chevaliers.

SACRA INFERMERIA★

B1 Cet édifice imposant mais très simple était l'un des plus importants de l'Ordre, compte tenu de sa vocation hospitalière (les Chevaliers avaient une obligation d'assistance aux malades). Il abritait l'hôpital construit par les Chevaliers de Malte en 1574. L'organisation en était incroyablement moderne. Chaque malade disposait d'un lit propre et consommait ses repas dans de la vaisselle en argent (on peut en voir encore quelques pièces au National Museum of Fine Arts, *voir p. 27*). La grande salle s'étendant sur une longueur impressionnante de 155 m contenait le nombre incroyable de 563 lits. Elle constitue maintenant le remarquable Long Hall. Le bâtiment a changé de vocation pour abriter le Centre méditerranéen de conférence (Mediterranean Conference Centre) où se trouve également une grande salle de spectacle. Il est ouvert au public, lorsque les activités du Centre le permettent. En dessous de la Sacra Infermeria, le spectacle **Knights Hospitallers** (*Les Chevaliers Hospitaliers*) propose un montage audiovisuel de tableaux retraçant

Le balcon maltais fermé

L'élément le plus caractéristique des rues de La Valette est certainement le balcon fermé. Moitié en pierre et moitié en bois, tous se ressemblent apparemment et pourtant chacun est unique. C'est sur la façade du Palais du Grand Maître qu'apparut le premier balcon de ce genre au début du 19e s. Copié ensuite par la noblesse locale, il devint un symbole de richesse et de statut social. À mi-chemin entre le bow-window anglais et le moucharabieh arabe, le balcon est souvent synonyme d'amour et de séduction. En effet, au balcon est souvent associée l'image de la jolie femme cloisonnée dans son intérieur, dont la seule ouverture vers la ville reste cette « fenêtre suspendue » d'où observer et être observée.

La Valette, St Paul Street.

HARBOUR

non seulement l'histoire du bâtiment, mais aussi la vocation hospitalière des Chevaliers (*lun.-vend. 9h30-16h30 ; sam.-dim. 9h30-13h30*).

THE MALTA EXPERIENCE★

B1 *St Elmo Bastion, Mediterranean St - ☎ 2124 3776 - www.themaltaexperience.com - ttes les heures, lun.-vend. 11h-16h ; sam.-dim. et j. fériés 11h-14h (spectacle de 14h suspendu le dim. de juillet à sept.) - 10 € (7 €).*

Ce spectacle audiovisuel offre un panorama complet de l'histoire de l'île, couvrant 7000 ans d'histoire en 45mn. On passe par le long tunnel souterrain qu'empruntaient les malades en civière débarqués des bateaux, d'où la vue est étonnante. Un café-restaurant permet d'en profiter tranquillement.

FORT ST ELMO

A-B1 À l'extrémité de la péninsule se dresse le Fort St Elme, ancienne tour de garde agrandie par le Grand Maître Claude de la Sengle. Cette forteresse, construite en forme d'étoile en 1552, a joué un rôle essentiel lors du premier Grand Siège et de ses terribles combats au corps à corps. Le 23 juin 1565, après 31 jours de siège, ses 600 survivants finirent par être terrassés et massacrés par les Turcs. Plus près de nous, le fort servit de décor lors du tournage du film *Midnight Express* (1978).

Dans une autre partie de St Elme (entrée séparée) se trouve le **National War Museum** (musée de la Guerre - *☎ 2122 2430 - http://heritagemalta.org - 9h-16h30 - 6 € (4,50 €) - inclus dans le Valletta Multisite Ticket et le Heritage Malta Multisite Pass (voir p. 105)*. Les objets les plus importants de cette petite collection sont la décoration de la George Cross accordée à l'île pour son héroïsme (et qui figure sur le drapeau maltais) lors des bombardements de 1942 ainsi que des fragments du Faith, un des trois avions qui défendirent vaillamment Malte. Le spectacle costumé **In Guardia !** retrace la vie de la garnison au fort au 17e s. *(fév.-juil. et sept.-nov. ts les dim. à 11h (45mn) - 7 € (3 €) - déplacé dans le fort de Vittoriosa pendant la durée des travaux du fort St Elme, le spectacle doit reprendre à La Valette à partir du printemps 2015)*.

GRAND HARBOUR★★★

B1-2 Du fort St Elme ou de la Sacra Infirmeria, en suivant la route à droite qui longe le port, on peut marcher au-delà de Old Customs House (l'ancienne douane). D'un côté s'élève le rocher sur lequel la ville est bâtie, de l'autre les quais avec leurs anciens entrepôts. Autrefois réservés aux échanges de marchandises, ces quais (**Waterfront**) viennent d'être superbement restaurés et aménagés (*voir photo p. 31*). On y trouve cafés, restaurants, bars, d'où l'on aperçoit les Trois Cités *(voir p. 29)*. De cet endroit partent des petits bateaux (*dgħajsa*) pour traverser le port jusqu'à Vittoriosa *(voir Malte pratique p. 104)*.

MARSAMXETT★★★

A1-2 À gauche du fort St Elme, vous surplombez le port de Marsamxett et faites face à **Manoel Island**, une presqu'île occupée par un fort construit par l'architecte français Mondion, et par San Rocco, l'édifice qui avait autrefois la fonction de lazaret lors des épidémies. Elle abritait du temps des Chevaliers un hôpital qui servait non seulement de quarantaine aux équipages arrivant d'Orient, mais qui accueillait aussi tous les malades lors des épidémies. C'est de ce côté de La Valette que se situent l'un des deux points de départ des ferries pour l'île de Gozo *(voir p. 55)*, ainsi que la navette maritime qui mène en 10mn à Sliema *(voir p. 36)*. Vous trouverez à cet endroit, les jolis jardins Sa Maison qui bordaient la demeure construite pour Camille de Rohan.

NATIONAL MUSEUM OF FINE ARTS★

(Musée national des Beaux-Arts)

A2 *South Street (Triq Nofs In-Nhar) - ✆ 2295 4341 - http://heritagemalta.org - tlj 9h-16h30, fermé 24, 25 et 31 déc., 1er janv. et Vendredi saint - 5 € (3 €) - inclus dans le Valletta Multisite Ticket et le Heritage Malta Multisite Pass (voir p. 105).*

Il occupe un charmant palais baroque édifié par les Chevaliers au 16e s. Il a été la dernière maison du comte de Beaujolais puis la résidence de l'amiral en chef de la flotte anglaise de Méditerranée. Il abrite un bel ensemble d'œuvres d'artistes originaires de différents pays d'Europe, dont beaucoup étaient la propriété des Chevaliers.
Au rez-de-chaussée, une salle est consacrée aux œuvres du peintre français **Antoine de Favray** *(voir Pour en savoir plus p. 123)*. La collection comprend aussi des tableaux italiens du 14e au 17e s. les plus marquants sont sans doute ceux de **Mattia Preti** (1613-1699), responsable de la décoration intérieure de la co-cathédrale St Jean, ainsi qu'un très beau Turner et un ensemble intéressant de peintres maltais. On peut également voir plusieurs belles pièces de mobilier régional ainsi que de l'argenterie et une très belle sculpture de **Melchior Gafa** *(voir Pour en savoir plus p. 124)*. Au sous-sol, la galerie extérieure courant tout autour du patio abrite des expositions temporaires d'artistes contemporains.

AUTRES MONUMENTS

Vous pouvez monter et descendre chaque rue sans risque de vous perdre compte tenu de la taille de la ville. Outre les trente-deux églises, toujours intéressantes à visiter *(elles ne sont pas toujours ouvertes)*, d'autres monuments restent à découvrir.

Manoel Theater★★

A1 *115 Old Theater St - ✆ 2122 2618 - www.teatrumanoel.com.mt - lun.-vend. 9h-30-16h, sam. 9h30-12h - 4 € (audioguide en français inclus).*
Proche du Palais du Grand Maître, construit en 1731 par le Grand Maître

portugais Manoel de Vilhena, c'est un des théâtres populaires les plus anciens d'Europe, véritable joyau avec ses loges de bois doré sur trois étages et son plafond peint. Dans la journée, l'entrée se fait par le petit musée attenant qui offre un aperçu de l'histoire et de l'actualité théâtrale maltaise (*Pour le programme des représentations, voir p. 83*).

Carmelite Church
(Église des Carmélites)

A1 Elle est célèbre pour son énorme dôme, qui sert de point de repère et que l'on voit cependant sous son meilleur jour depuis Sliema, sur la rive opposée. Totalement reconstruite après la Seconde Guerre mondiale, son intérieur vaste et lumineux a néanmoins beaucoup de charme.

The Fortress Builders
(Centre d'interprétation des fortifications)

A1 *St Mark Street - lun.-sam. 10h-13h.*

En contrebas du fort St Elme, ce musée récemment ouvert présente, avec force exemples, dessins et maquettes, l'art des fortifications au cours des siècles et replace La Valette dans cette histoire. Explications en anglais et maltais seulement.

Ph. Renault / hemis.fr

Senglea, vue depuis les remparts de La Valette.

Les Trois Cités★★

Habitées depuis plus de 3 000 ans, les Trois Cités contemplent La Valette de l'autre côté du Grand Harbour. Vittoriosa (Birgu), Senglea (Isla) et Cospicua (Bormla), appelées également Cottonera du nom du Grand Maître Nicolas Cottoner qui débuta la construction des fortifications en 1670, occupent deux promontoires situés sur une côte très découpée. Le fort Ricasoli à l'entrée du port, accueille le visiteur qui approche par la mer. Parmi les sites les plus pittoresques de l'île, les élégants monuments civils, religieux et militaires ont su conserver intact l'esprit d'un des premiers lieux investis par les Chevaliers de Saint-Jean.

▶**Accès :** Bus 2 et 3 pour Vittoriosa, 1 pour Senglea.

Plan de la ville p. 30. Plan détachable G6.

▶**Conseil :** La visite en bateau dans le Grand Harbour permet d'apprécier au mieux les fortifications maritimes. À la belle saison, des petits bateaux maltais traditionnels appelés *dgħajsa* font la navette entre Vittoriosa et Senglea. Ils font aussi le tour du port *(voir Malte pratique p. 104)*.

Bon à savoir – Pour vous informer sur l'actualité des Trois Cités, rendez-vous au Palais de l'Inquisiteur, où se trouve une antenne de l'office de tourisme.

VITTORIOSA★★

B3 sur plan p. 30 Des Trois Cités, c'est Vittoriosa (appelée aussi Birgu), bel exemple de ville médiévale, qui a le moins changé. Elle abritait au Moyen Âge une communauté florissante qui fit bâtir de nombreuses maisons. Il faut prendre le temps d'explorer ses rues et ruelles. Cette ville s'appelait Birgu lorsque les Chevaliers de Malte, à l'époque du Grand Maître français Villiers de l'Isle Adam, chassés de Rhodes, y établirent leur capitale (jusqu'en 1565). Ils y construisirent un hôpital et leurs auberges. Elle reçut son nouveau nom (signifiant la Victorieuse) après le Grand Siège.

À l'extrémité de la péninsule, se dresse le joyau de Vittoriosa, l'imposant **Fort St Angelo** (fort St Ange), quartier général des Chevaliers et centre de commandement qui prit la relève du Fort St Elme pendant le Grand Siège. Ses premières fortifications sur la mer auraient été élevées dès 828 par les Arabes longtemps après que les Phéniciens aient occupé ce lieu. Les Chevaliers aménagèrent le château dont ils complétèrent les défenses en creusant notamment un profond fossé. Le fort ne se visite pas mais depuis ses remparts, la **vue**★★ panoramique sur le Grand Harbour est exceptionnelle. Pendant la Seconde Guerre mondiale, il reprit du service et servit de refuge aux populations civiles. C'est ce qu'explique et illustre le

LA VALETTE
ALENTOURS
0
1 km
N
BAHAR MEDITERRAN
GOZO
ITALIA
A
B
1
2
FORTI PEMBROKE
SWIEQI
PACEVILLE
ST GEORGE'S BAY
DRAGONARA POINT
CASINO
Spinola Palace
SPINOLA BAY
ST-JULIAN'S BAY
BALLUTA BAY
Il-Bajja tal-Balluta
ST JULIAN'S/ SAN ĠILJAN
IT-TORRI TA' SAN ĠILJAN
Triq it-Torri
Fortizza
TA'ĠIORNI
GŻIRA
KAPPARA
SLIEMA
FORTI TIGNE'
IL-PONTA TA'DRAGUT
Id-Daħla ta' tas-Sliema
Phoenician Glassbower Factory
Forti Manoel
MANOEL ISLAND
Id-Daħla tal-Lazzaret
MARSAMXETT HARBOUR
MALTA UNIVERSITY
TA'XBIEX
MSIDA CREEK
St Joseph
MSIDA
PIETA
SA MAISON
FLORIANA
VALLETTA
Fort St Elmo
Carmelite Church
Grand' Master's Palace
ST JOHN'S CO. CATHEDRAL
HARBOUR
FORTI RICASOLI
Daħla ta' Rinella
IL-PONTA TA' RICASOLI
7
61
5
83
84
82
9
63
64
13
8
85
12
62
6
11
10

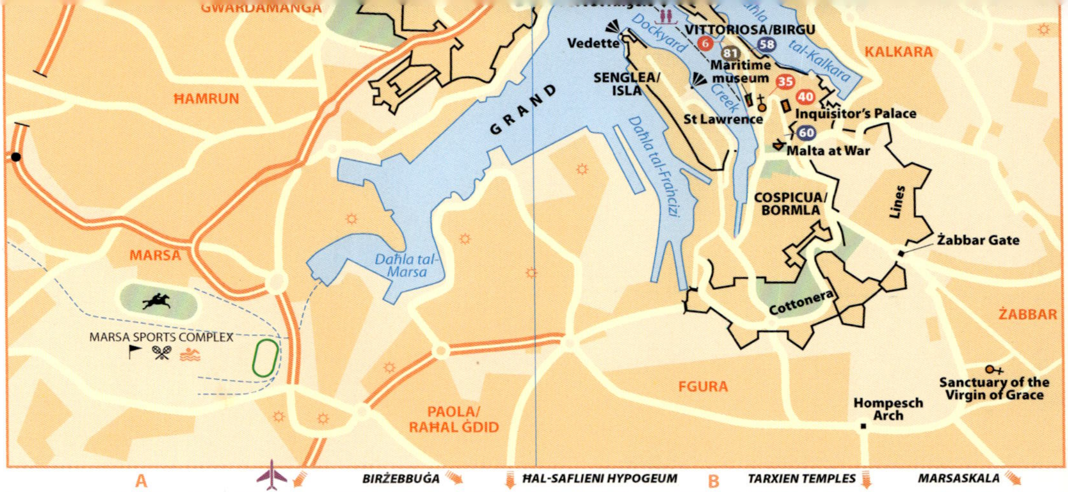

SE LOGER
- Cavalieri (Hôtel) ... 6
- Juliani (Hôtel) ... 7
- Valentina (Hôtel) ... 5

SE RESTAURER
- Barracuda ... 11
- Be Birgu (San Lawrenz Band Club) ... 35
- Caffé Raffael ... 8
- Cuccacagna (La) ... 10
- Dolce Vita (La) ... 13
- Don Berto ... 6
- Peppino's ... 12
- Sale e Pepe ... 9
- Tal Petut ... 40

PRENDRE UN VERRE
- Caffé Boccaccio ... 60
- Caffé Juliani ... 62
- Caffé Portomaso ... 64
- Hugo's Lounge ... 61
- Il Forn ... 58
- Twentytwo ... 63

SORTIR
- Casino di Venezia ... 81
- Dragonara Casino ... 82
- Eden Leisure ... 83
- Eden Super Bowl ... 84
- Juul's Café Bar ... 85

SHOPPING
- Bay Street Complex ... 7
- Plazza Shopping Mall ... 8
- Portomaso Shopping Complex ... 9

Malta at War Museum★★ dont la visite ne vous laissera sans doute pas indifférent *(Couvre-Porte Gate - ☏ 2189 6617 - www.maltaatwarmuseum.com - mar.-dim. 10h-17h - 10 € (8 €) - audioguide inclus)*. L'exposition permanente se distingue par l'excellente qualité de la présentation historique, qui éclaire les enjeux du conflit vu de Malte (alors sous domination britannique). Au fil de la visite, on découvre beaucoup d'éléments concrets tant sur le plan militaire que sur la société maltaise et la vie quotidienne à l'époque de la guerre. À la fin de l'exposition, on peut descendre par un escalier étroit dans un souterrain, exemple parmi tant d'autres des caches dans lesquels les habitants de l'île couraient se réfugier à l'annonce des raids aériens (pour donner une idée de leur fréquence, on recensa à Rabat plus de 200 alertes pour le seul mois d'avril 1942; à Vittoriosa, plus exposée en raison de sa proximité avec le port, alertes et bombardements furent sans doute plus nombreux). Bien qu'émouvante, la visite des souterrains peut être éprouvante en raison du caractère clos et quelque peu labyrinthique du parcours. Attention, si vous êtes accompagné de jeunes enfants, soyez vigilants et restez groupés.

En contrebas des fortifications, la crique, qui autrefois abritait les galères de l'Ordre, accueille maintenant les plus gros bateaux du monde. Ses berges sont bordées de restaurants et de cafés.

Sur le quai s'élève encore quelques palais dont l'Hôtel du capitaine des galères (actuellement un casino) et un bâtiment massif qui abritait naguère la Boulangerie Navale devenue le **Maritime Museum★** (Musée maritime). Ses collections comprennent : modèles réduits, instruments de navigation, peintures… *(Vittoriosa Waterfront - ☏ 2166 0052 - tlj 9h-17h - 5 € (3,50 €), billet combiné avec le palais de l'Inquisiteur 9 €)*.

L'imposante église baroque qui domine la crique, **Church of St Lawrence★** (église St Laurent), bénéficie d'une situation privilégiée. Le bâtiment actuel est la reconstruction de l'église conventuelle des Chevaliers, édifiée au 16e s. L'intérieur est superbe, son chœur est orné du célèbre tableau de Mattia Preti : *Le Martyre de saint Laurent*. Derrière l'église sur la gauche, le **Parish Museum** (Musée de l'église) expose des objets intéressants, parmi eux des reliques de l'Ordre, dont le couvre-chef et l'épée du Grand Maître La Valette (*Oratoire San Guzepp - tlj 9h30-12h - entrée gratuite*). Plus haut, se situe la place principale, **Vittoriosa Square** (place Vittoriosa), d'où part Main Gate Street où se dresse **Inquisitor's Palace★★** (palais de l'Inquisiteur). Ce fut le siège de l'Inquisition entre 1574 et 1798. Les Inquisiteurs, accrédités par le Saint-Siège pour défendre la foi chrétienne contre les hérétiques, constituaient pour les papes, un habile contre-pouvoir face à celui des Chevaliers. C'est aujourd'hui un musée *(Main Gate Street - ☏ 2182 7006 - tlj 9h-16h30 - 6 € (4,50 €), billet combiné avec le Musée Maritime 9 €)*.

Vittoriosa, Musée maritime.

De Vittoriosa Square part également Britannic Street (Triq Hilda Tabone), quartier général des Chevaliers qui regroupe nombre de leurs auberges (auberge de France, de Provence...). La rue a gardé tout son cachet. En tournant tout de suite à droite dans North West/ Mistral Street (Triq Il-Magistral), vous pouvez entrer dans le joli bâtiment qui abritait autrefois l'**Auberge d'Angleterre** et qui a été aménagé en bibliothèque publique *(lun.-vend. 8h30-17h, sam. jusqu'à 13h30)*.

SENGLEA

B3 sur plan p. 30 En face de Vittoriosa s'étend Senglea, ville plus populaire, appelée officiellement **Isla** (« l'îlot ») mais rebaptisée en l'honneur du Grand Maître français Claude de la Sengle. Cette péninsule fortifiée servait de lieu de promenade aux Chevaliers. La **vue**★★ sur Vittoriosa, en particulier au coucher du soleil lorsque les pierres dorées se changent en or étincelant, vaut le détour. C'est là, au milieu du ravissant petit parc de **Gardjola Garden** (jardin Gardjoia), que se dresse la célèbre tour de guet, l'échauguette, arborant les symboles de la vigilance, une oreille et un œil, sculptés dans la pierre. De même que depuis Vittoriosa, le **panorama**★★ sur La Valette de l'autre côté de Grand Harbour est à couper le souffle.

SITES PRÉHISTORIQUES AU SUD DES TROIS CITÉS

« Les vraies merveilles du monde sont inconnues [...] Qui connaît les prodigieux temples préhistoriques de Malte ? » écrivait André Maurois en 1935. Il faut voir ces monuments extraordinaires, sans doute, les premières constructions humaines répertoriées dans le monde dont l'objectif et l'utilisation restent encore très mystérieux. Il en existe presqu'une trentaine à Malte et à Gozo. Deux de ces sites incontournables se situent au cœur de la ville de Paola. L'un est à ciel ouvert, l'autre est souterrain.

Tarxien Temples★★★ (temples de Tarxien)

Plan détachable G7

Neolithic Temples Street, Paola - bus n°s 81, 82 - http://heritagemalta.org - tlj 9h-16h30 - fermé 24, 25 et 31 déc., 1er janv. et Vendredi saint - 6 € (4,50 €) - inclus dans le Heritage Malta Multisite Pass (voir p. 105). Ces temples vieux de quelque 5000 ans (3000 à 2500 ans av. J.-C.), sont composés de quatre ensembles comprenant des bâtiments à ciel ouvert reliés par d'étroits passages et qui pour trois d'entre eux (sud, centre et est) communiquent. Cet ensemble unique est le mieux préservé de tous les sites préhistoriques. Les pierres utilisées sont monumentales. Beaucoup de blocs ont conservé leurs sculptures, représentations géométriques (sur les autels) ou animalières (oies, cochons, pigeons, taureaux...). On parle à leur sujet de l'art de Tarxien. On pense que les animaux étaient à la fois consommés et utilisés comme offrandes. Le temple central, le plus complexe, est divisé en six absides dont certaines avaient un accès limité (élite ou personnes initiées). C'est sur ce site qu'ont été découverts sur un piédestal les fragments de jambes d'une statue colossale, déesse de la fertilité. Les hommes avaient érigé à cet endroit l'une des premières représentations d'une déesse débout sur ses jambes. On peut voir la pièce originale au Musée national d'Archéologie à La Valette (*voir p. 23*), ainsi que de nombreux objets découverts lors des fouilles (animaux, figurines, poterie).

Ħal Saflieni Hypogeum★★★

(hypogée – chambre souterraine – Ħal Saflieni)

Plan détachable G7

Burial Street, Paola - ✆ 2180 5018 ou 2295 4330 - http://heritagemalta.org - visite guidée obligatoire, départ ttes les h, tlj 9h-16h30 - bus nos 83, 84, 91 - 30 € (15 €) - réservations au moins 3 semaines à l'avance sur place, au Musée National d'Archéologie de La Valette ou en ligne sur www.heritagemalta.org. Bon à savoir : pour les visites de 12h et de 16h tous les jours des billets « last minute » sont remis en vente la veille dès 9h au Museum of Fine Arts de La Valette - 35 €

Ce lieu unique et mystérieux, inscrit au Patrimoine mondial de l'Unesco, ne se visite que sur rendez-vous. La visite guidée, très bien organisée, commence par un petit film. Cet ensemble complexe est formé de salles différentes réparties sur 3 niveaux, creusées dans le roc sur une profondeur de 11 m, il y a 4000 ou 5000 ans. Des passages et des escaliers les relient. Le premier niveau est le plus ancien. On y voit une citerne. Le niveau médian est composé de chambres décorées (la plus grande est peinte), de niches. C'est ici qu'a été retrouvée la fameuse statue **The Sleeping Lady** *(La Femme endormie)*, une des plus remarquables œuvres de l'époque préhistorique (Musée national d'Archéologie de La Valette, *voir p. 23*). Ces grottes naturelles ou creusées par l'homme avaient une vocation religieuse mais surtout funéraire, puisqu'on y a découvert de très nombreux ossements. Ħal Saflieni permet d'admirer un exemple unique et incroyablement préservé d'architecture de cette époque.

Ph. Renault / hemis.fr

The Sleeping Lady.

Au nord de La Valette

Voici la partie de l'île la plus construite et la plus animée. Le littoral, incroyablement découpé, se compose d'une succession de presqu'îles étroites, de baies aménagées, (Msida, Ta'Xbiex, Gżira, Sliema, St Julian's…), de petites criques, qui abritent de nombreux bateaux de plaisance mais aussi quelques barques de pêche. Des promenades, des plages de rochers lisses et plats sont aménagées tout au long de la côte. Le bord de mer est bordé d'un cordon d'hôtels, de cafés et de restaurants dont certains sont très agréables. À l'intérieur et sur les hauteurs, dès que l'on emprunte les ruelles en s'écartant des rues principales commerçantes, Sliema et St Julian's conservent encore de très beaux édifices anciens.

▶**Accès :** Bus Sliema-ferry : bus n°s 12, 13, 14, 15, 21, 22 et ferry depuis La Valette (Marsamxetto Stream Ferry Service, *voir p. 103)* ; St Julian's : bus n°s 12, 13, 14, 24 ; depuis l'aéroport : bus n° X2.
Plan de la ville p. 30. Plan détachable FG5.
▶**Conseil :** Parcourez l'agréable promenade qui longe la mer entre Sliema et St Julian's pour découvrir le découpage de la côte et profiter de jolis points de vue. Ici et là, des plages invitent à la baignade.

SLIEMA

AB1-2 Agréablement située sur une péninsule donnant sur le large et sur le port de **Marsamxett**, Sliema est depuis longtemps l'une des adresses les plus courues de l'île. Ville très résidentielle, habitée par les Maltais trop à l'étroit dans La Valette, Sliema est aussi le grand centre commerçant de l'île, un des lieux privilégiés du shopping pour les Maltais… et les touristes nombreux à y séjourner. C'est d'une partie de ce littoral, appelé *The Strand*, que partent les bateaux proposant toutes sortes de sortie en mer : le tour du Grand Harbour, les promenades autour de l'île et la liaison avec Comino, un dîner sur l'eau (*voir Malte pratique p. 104*). Y arrivent également les navettes venant de La Valette. De l'extrémité de la péninsule, de la pointe de Dragut à Tigne, la vue sur La Valette est magnifique : on ne se lasse pas d'admirer les remparts aux pierres dorées surmontés du dôme de l'église des Carmes. Le **fort de Tigne** est la dernière forteresse construite par les Chevaliers. Au centre de la rade, se situe la petite île de Manoel (Manoel Island), reliée par un pont à la terre ferme (*voir p. 27*). La route s'enroule autour de **Msida Creek**, qui accueille

Sliema.
imagebroker / hemis.fr

le nouveau yacht club aux pieds du quartier élégant de Ta'Xbiex.
On retrouve le large en empruntant **Tower Road** (Triq It-Torri), bordée de grands immeubles qui ont malheureusement remplacé les maisons traditionnelles de pierre. C'est une longue promenade aménagée de bancs, d'aires de jeux et de terrasses qui surplombe les plages de rochers et mène à **Balluta Bay** puis à St Julian's.

ST JULIAN'S BAY ET SAINT GEORGE'S BAY

A1 Les baies de St Julian et St George délimitent une des zones les plus agréables de cette partie de l'île, très animée de jour comme de nuit. Vous passerez sans vous en rendre compte de Sliema à St Julian's, si ce n'est en repérant une des tours de guet des Chevaliers : la tour St Julian's qui se dresse comme une vigie sur la mer. Ensuite vous longerez au ras de l'eau, ce qui est très agréable, les très belles petites baies de **Balluta** et de **Spinola,** un ancien village de pêcheurs. Les hangars à bateaux qui abritent à présent des restaurants appartenaient autrefois au grand domaine du **Spinola Palace** (palais Spinola). Ce palais, construit en 1688 pour le Chevalier italien Fra Raffaele Spinola, Grand Prieur de Lombardie, niché dans un cadre superbe sur la colline est un des rares bâtiments anciens qui subsiste dans le quartier. Son domaine, très amoindri, allait autrefois jusqu'à la mer. Actuellement il est le siège de l'Assemblée parlementaire de la Méditerranée.

Bon à savoir – Quel que soit l'établissement du front de mer choisi, il faut arriver de très bonne heure les soirs d'été pour pouvoir s'asseoir dans la première rangée de tables et s'assurer d'être au meilleur poste pour profiter de la vue sur la plus belle baie de Spinola.

Juste derrière St Julian's, le quartier de **Paceville** accueille dans ses nombreux bars et boîtes de nuit (*voir Nos Adresses p. 83*), la jeunesse noctambule maltaise mais aussi les jeunes étudiants étrangers en séjour linguistique pour de longues soirées très animées. Paceville fourmille de restaurants proposant des spécialités du monde entier. À St George's Bay, le long du rivage, à l'écart de la fête perpétuelle, se situent plusieurs hôtels cinq étoiles. La magnifique pointe de **Dragonara** est occupée par un beau bâtiment, ancienne résidence d'été d'un banquier maltais, construite au 19e s., qui servit d'hôpital pendant la Première Guerre mondiale (campagne des Dardanelles). C'est maintenant un casino. À ses pieds, une excellente école de plongée.

St George's Bay, plus étroite que les autres échancrures, abrite également une petite plage de sable.

Le sud★

Les paysages du rivage sud de l'île sont très contrastés. Au bord de mer échancré, abritant des ports naturels de différentes dimensions, situé à l'est, succède à l'ouest une imposante falaise blonde, interrompue par quelques failles qui permettent l'accès à la mer. Du village de pêcheurs de Marsaxlokk★ à l'étonnante Grotte Bleue, les centres d'intérêt sont nombreux. Cette côte abrite en outre certains des anciens sites les plus intéressants de l'île : une vaste caverne avec des traces d'animaux préhistoriques et des temples érigés face à la mer. Ce n'est pas un hasard si l'un des Grands Maîtres, Hugues de Verdale, a fait construire sa résidence d'été dans cette partie de l'île.

▶**Accès :** Bus nos 81, 85 (Marsaxlokk Bay), n° 201 au départ de Rabat ou de Siġġiewi (Blue Grotto, Ħagar Quim et Mnajdra), nos 52 et 201 au départ de Rabat (Dingli Cliffs et Buskett Gardens).
Plan détachable DH6-8.
▶**Conseil :** Y consacrer une demi-journée ou une journée.

MARSAXLOKK BAY

(Il Bajja ta'Marsaxlokk)

Plan détachable G8

Marsaxlokk★ (l'anse du sirocco) est le plus grand port de pêche de Malte. Il occupe le fond d'une baie plantée de palmiers où débarqua la flotte turque au moment du Grand Siège. Il faut s'y rendre le matin tôt pour voir arriver les *luzzu*, petites barques de pêche traditionnelles en bois peintes de couleurs vives. On retrouve sur la proue, la reproduction d'un œil protecteur. Les poissons infiniment variés sont vendus sur place dans un marché où l'on trouve également tous les fruits et légumes maltais ainsi que tous les produits locaux, miel, huile d'olive, confitures de figues de barbarie, etc. Les restaurants de poisson abondent face à la mer. De l'autre côté du promontoire, en allant vers **Birżebbuġa**, petite station balnéaire malheureusement très proche du gigantesque port de commerce de Kalafrana, est située la caverne de Għar Dalam.

Għar Dalam★★ – *bus n° 82 - Zejtun road, Birżebbuġa - ✆ 2169 5578 - http://heritagemalta.org - tlj 9h-16h30, fermé 24, 25 et 31 déc., 1er janv. et Vendredi saint - 5 € (3,50 €).* On pénètre dans cette impressionnante grotte naturelle par un musée. Ce site présente un double intérêt historique : des squelettes d'animaux de l'ère paléolithique ont été exhumés, dont un étonnant éléphant nain ; elle fut ensuite habitée il y a 7000 ans par des hommes et par leurs animaux domestiques, provenant probablement de Sicile. Les plus anciennes traces de fabrications humaines y ont été retrouvées.

Le golfe de Marsaxlokk bénéficie également d'une plage de sable nommée **Pretty Bay**.

CÔTE MÉRIDIONALE

Blue Grotto★★

EF8 Un des joyaux de la côte méridionale est la Grotte Bleue, baignée par une eau limpide couleur d'aigue-marine, au pied des falaises. Elle est composée de criques, de passages voûtés et de cavités marines. De petites embarcations, vous font visiter les grottes en 25mn, assurant la navette sans interruption toute la journée en été *(départ du port de Wiediz-Żurrieq, dès que le nombre de 8 passagers est atteint - ✆ 2164 0058 - tlj 9h-16h30 - 8 €).*

La paroi de la falaise est creusée sur une cinquantaine de mètres de profondeur. Le meilleur moment pour l'apprécier est tôt le matin par une belle journée, lorsque le soleil est encore assez bas pour illuminer la cavité marine. La vue est d'autant plus spectaculaire que les eaux sont calmes et cristallines. Le site aménagé de bancs face à la mer est magnifique. On peut aussi se baigner.

Temples de Ħagar Quim★★★ et de Mnajdra★★

À Qrendi - ✆ 2142 4231 - http://heritagemalta.org - tlj 9h-16h30, fermé Noël, 1er janv. et Vendredi saint - 10 € (7,50 €) billet combiné pour les deux sites - inclus dans le Heritage Malta Multisite Pass (voir p. 105).

Quelques kilomètres plus loin, en longeant la mer et remontant vers le nord se dressent, isolés, au cœur de la nature, surplombant l'eau, les temples voisins de Ħagar Quim et de Mnajdra. Ces deux sites remarquables valent le détour.

Ils datent tous les deux des années 3000 à 2500 av. J.-C. et servaient probablement de lieux de culte mais peut-être aussi de lieu de rassemblement, échanges... **Ħagar Quim**, dont le nom signifie « pierres dressées » est le plus impressionnant avec ses dalles immenses (l'une d'elles mesure 7 m sur 3 m). La légende dit que ce sont les géants qui ont construit ce site. En effet, la question se pose toujours de savoir de quelle façon de tels blocs de pierre furent acheminés. Référence pour tous les historiens du néolithique, il est mentionné dès 1363. Il s'agit sans doute d'un des temples les plus sophistiqués sur le plan architectural : à l'extérieur on trouve la pierre la plus dure, la coralline, tandis qu'à l'intérieur la globigérine plus malléable *(voir p. 124)* recouvre les parois. Des statues de différentes tailles ont été retrouvées dont une vénus en argile.

Pour aller à **Mnajdra★★** (« petit enclos ») 500 m plus bas, il faut suivre un chemin qui traverse la lande en direction de la mer. Le parcours est magnifique. Ce temple composé de 3 bâtiments intrigue plus encore que les autres : est-il le premier instrument à mesurer le temps découvert à ce jour ? En effet, lors des solstices et des équinoxes, les rayons du soleil levant éclairent l'intérieur du temple en respectant un alignement qui ne peut être une simple coïncidence.

Marsaxlokk.
J. Arnold / hemis.fr

À Mnajdra furent également découverts des poteries très anciennes ainsi que des pierres alvéolées.

En face, resplendit l'îlot inhabité et inabordable de **Filfla**. Situé à 5 km au large, il est aujourd'hui classé réserve naturelle, après avoir servi – ironie de l'histoire –, au temps où Malte était colonie anglaise, de cible de tir lors d'exercices militaires aériens, en raison de sa forme caractéristique de forteresse ou encore de porte-avion !

GĦAR LAPSI

E8 Continuez vers l'est en revenant vers la mer pour descendre par une route sauvage jusqu'au port de **Għar Lapsi.** Cette crique rocheuse, presque fermée, bordée par des grottes, dont la falaise abrite des hangars à bateaux, est un tout petit port de pêche très pittoresque, aménagé également pour la baignade. Il est très appréciée par les Maltais *(bus n° 94 en été seult).*

DINGLI CLIFFS

DE7 Les falaises de **Dingli** (Dingli Cliffs) constituent la partie la plus spectaculaire et la plus vertigineuse de tout le littoral maltais, descendant en pente raide jusqu'à la Méditerranée depuis une hauteur de plus de 250 m. Le regard butte de temps en temps, en contrebas, sur quelques terrasses cultivées. On peut suivre la route côtière de part et d'autre de la **chapelle de la Magdelaine**, le point de vue domine l'îlot de Filfla, sanctuaires d'oiseaux. Il est très agréable de se promener à pied dans cette partie agricole de l'île qui offre des panoramas impressionnants.

Le village de Dingli, le plus élevé de Malte, est entouré de champs en terrasses, étagés sur le sommet des falaises.

BUSKETT GARDENS

Revenant vers l'intérieur des terres, on arrive sous les ombrages des **Buskett Gardens**. Forêt « domestique », plantée par le Grand Maître Lascaris pour servir de terrain de chasse aux Chevaliers, elle était régulièrement repeuplée avec des animaux rapportés d'autres pays, comme des daims venus de Corse. Cet endroit paisible et verdoyant est des plus agréables, en particulier au printemps lorsque les arbres sont en fleurs. Chaque année au mois de juin, il s'anime à l'occasion du festival de la Mnarja *(voir Agenda culturel p. 106)*.

Le **Verdala Palace★★** (palais de Verdale – *fermé au public*), qui domine Buskett Gardens, a été construit en 1586 comme résidence d'été pour le Grand Maître français Hugues Loubenx de Verdale. Fortifié par la suite, entouré de douves, le palais est occupé l'été par le président de la République maltais qui y accueillie régulièrement ses hôtes étrangers.

On peut apercevoir tout près un autre palais imposant **Inquisitor's Summer Palace** (le palais d'été de l'Inquisiteur – *fermé au public*), construit en 1625 et qui est à l'heure actuelle la résidence d'été du Premier ministre.

Mdina★★ et Rabat★

Bâtie sur un éperon rocheux d'où l'on peut apercevoir la mer, Mdina « la ville du silence », ancienne capitale de Malte, est un des joyaux de l'archipel. À l'abri de puissants remparts, d'étroites ruelles sillonnent la ville, tandis que les artères principales conservent leur sobre élégance d'autrefois. En quittant la citadelle, à seulement cinq ou dix minutes à pied s'étend Rabat, où se trouvent les plus belles catacombes de l'île.

▶**Accès :** Bus n°s 51, 52, 53 ; depuis l'aéroport : n° X3.
Plan détachable E6.
▶**Conseil :** Il est préférable d'arriver à Mdina en fin d'après midi au coucher du soleil, pour profiter de la belle lumière sur les édifices et du panorama depuis les remparts.
Vous trouverez des plans de la ville et toutes sortes d'informations à l'office de tourisme situé à l'entrée de Mdina, une fois passée la porte fortifiée.
Il existe un Rabat & Mdina Multi-Site Ticket, combinant l'accès à la Domus Romana, aux catacombes St-Paul et au Museum of Natural History (12 €/9 €).

MDINA★★

E6 Place forte naturelle, Mdina fut habitée dès l'âge de bronze. Appelée Melita quand elle était romaine et incluant également Rabat, elle doit son nom actuel à l'occupation arabe de l'île en 870 (*al Madina* qui signifie la ville).

Les Arabes la fortifièrent et l'isolèrent par un fossé, puis les Normands, venus de Sicile, s'y installèrent dès le 11e s. Mdina se développa au cours des siècles suivants et demeura le siège des représentants des différentes autorités qui se succédèrent dans l'île (Angevins, Aragonais, Castillans). Des palais et des églises sont construits, abritant depuis toujours et encore à l'heure actuelle, les nobles familles de l'île. La ville était administrée par des magistrats réunis en « université ». Elle obtint du roi d'Espagne le statut (et le titre) de ville Noble et resta capitale jusqu'à ce que les Chevaliers de Saint-Jean lui préfèrent Birgu, puis La Valette. Cependant, au moment de leur prise de fonction les Grands Maîtres se faisaient symboliquement remettre les clefs de la ville (dont le nom était devenu « cité vieille », *Città Vecchia*). Un tremblement de terre en 1693 détruisit nombre des constructions médiévales, mais sous l'impulsion du Grand Maître de Vilhena, plusieurs édifices furent reconstruits dans le style baroque (dont la cathédrale) redonnant à Mdina son lustre.

Une agréable promenade à pied (Mdina est une ville piétonne hormis pour les riverains), vous permettra de profiter au mieux des beautés de la ville. Un petit train touristique, le **Melita Train,** propose des circuits d'environ 30mn à travers la ville *(départ de la Museum Esplanade, ttes les h de 10h à 16h - ✆ 7921 2142 - www.melitatrains.com - 4,50 €).*

En entrant par la porte principale, on trouve à gauche la Tour de l'étendard (16e s.), ancienne tour de guet, qui fait face au **Vilhena Palace** (palais Vilhena), ancien Palais des Grands Maîtres, construit en 1730 sur les plans de l'architecte français Mondion. Il abrite aujourd'hui le **National Museum of Natural History** (Musée d'Histoire naturelle, *St Publius Square - ✆ 2145 5951 - http://heritagemalta.org - tlj 9h-16h30 - fermé 24, 25 et 31 déc., 1er janv. et Vendredi saint - 5 € (3,50 €) - inclus dans le Rabat & Mdina Multi-Site ticket).*

De cette petite place appelée Saint Publius *(voir Pour en savoir plus p. 113)* part la rue principale **Villegaignon Street★** (du nom d'un Chevalier français) bordée de part et d'autre de palais et d'églises. Il faut la suivre jusqu'au bout. Sur la droite **St Agatha's Chapel** (chapelle Ste Agathe) édifiée en 1410 et remaniée par Lorenzo Gafa après le séisme de 1693. En face, la **Casa Inguanez,** du nom d'une des plus anciennes familles de Malte. La rue borde la place St Paul, où se trouve la **cathédrale St Paul★★,** chef-d'œuvre de l'architecte maltais Lorenzo Gafa, réalisée entre 1697 et 1707, dont la splendeur n'est surpassée que par la Co-Cathédrale à La Valette. Son dôme remarquable sert de point de repère dans toute la ville. La façade est impressionnante. À l'intérieur, les fresques du chœur peintes par Mattia Preti retracent la vie de saint Paul. La porte de chêne sculptée de la sacristie est celle de l'ancienne église et les pierres tombales en marbre polychrome sont remarquables. D'autres trésors sont antérieurs à la reconstruction (Vierge byzantine et tabernacle en argent de Benvenuto Cellini...). Le **Cathedral Museum★** (musée de la cathédrale), *Archbishop Square - www.mdinacathedrale.com - tlj sf dim. 9h30-16h (sam. 15h) - 5 € (3,50 €)* voisin, ancien séminaire, renferme divers trésors d'art sacré et profane, des antiquités romaines, une belle collection de tableaux et bois gravés, en particulier ceux de Dürer, et une très belle salle de numismatique.

En continuant la rue Villegaignon, sur la gauche, la très belle **Carmelite's Church** (église des Carmélites) construite après 1660 par l'architecte français Blondel, ainsi que le cloître attenant *(tlj 10h-17h)* et un peu plus loin sur la droite le Palazzo Falzon.

Le **Palazzo Falzon★** (ou maison normande), *Villegaignon Street - ✆ 2145 4512 - www.palazzofalson.com - mar.-sam. 10h-17h - 10 € (5 €)* est une des plus anciennes bâtisses de Malte. Cette magnifique demeure aristocratique parfaitement restaurée a connu 700 ans d'histoire. On y trouve des collections de meubles, de tableaux, de gravures (dont Jacques Callot), d'argenteries, de poteries et d'objets usuels dignes d'un musée,

Mdina.
imagebroker / hemis.fr

intelligemment réparties dans chaque pièce, dont la mise en scène suggère la vie dans un palais maltais. Sur la terrasse se tient un café avec une splendide **vue★★** panoramique.
Au bout de la rue qui débouche sur les remparts, se trouve la jolie place **Bastion Square★**. De part et d'autre le panorama est impressionnant. Vous pourrez en profiter au mieux assis sur la terrasse d'un agréable café *(voir Nos Adresses p. 76)*. Les soirs d'été, vous pourrez apercevoir des feux d'artifice dont raffolent les Maltais.
Mdina offre également au visiteur curieux des expositions thématiques régulières et deux attractions audiovisuelles intéressantes : une histoire de la cité **The Mdina Experience** *(7 Mesquita Square - ✆ 2124 5055 - www.themdinaexperience.com - tlj 10h-17h - 6 €, billet combiné avec The Knights of Malta 12 €)* ; dans Magazines Street, la salle des poudres installée dans les remparts sert de cadre à la présentation **The Knights of Malta.** L'histoire des Chevaliers à Malte est rapidement retracée, mêlant modèles grandeur nature, scènes reconstituées en tableaux et commentaires en plusieurs langues.
Outre des restaurants et des cafés, Mdina abrite l'un des plus beaux et typiques hôtels de l'île, **The Xara Palace**, palais du 17e s. situé dans les remparts. Son restaurant gastronomique offre une vue magnifique *(voir Nos adresses p. 88)*.

RABAT★

E6 Du temps des Romains, Rabat et Mdina ne formaient qu'une seule cité. Les Arabes les séparèrent par un fossé et Rabat devint un faubourg de Mdina. Depuis lors, elle s'est agrandie au point de devenir une ville à part entière. Ses rues pittoresques méritent une visite détaillée. Plusieurs ordres religieux ont implanté un couvents dans cette ville qui est le siège de la nonciature. Le couvent des dominicains est particulièrement intéressant.
À l'extérieur de la citadelle de Mdina, après la porte des Grecs, se trouvent

Sainte Agathe

Agathe donne son nom à une tour (Red Tower), des églises, un musée, des catacombes. Née au 3e s. en Sicile, dans une famille noble, la belle Agathe s'était consacrée à Dieu. Le proconsul Quintien, souhaitait l'épouser, pensant qu'il pourrait ainsi gagner en respect mais aussi jouir de sa beauté et de sa fortune. Agathe ayant refusé ses avances fut jetée en prison et torturée. On lui arracha les seins à l'aide de tenailles mais elle fut guérie de ses blessures par l'apôtre Pierre qui la visita en prison. D'autres tortures finirent par lui faire perdre la vie et la terre se mit à trembler. Un an après sa mort, l'Etna entra en éruption, déversant un flot de lave en direction de Catane. Les habitants s'emparèrent du voile qui recouvrait la sépulture d'Agathe et le placèrent devant le feu qui s'arrêta aussitôt, épargnant ainsi la ville. À Malte, où l'on dit qu'elle s'exila un temps pour fuir le proconsul, les habitants doivent leur salut à son intercession, lorsque les Turcs attaquèrent en 1551.

les vestiges d'une maison romaine, **Domus Romana,** transformée en **Musée des Antiquités romaines** *(Museum Esplanade - ✆ 2145 4125 - tlj 9h-16h30 - 6 € (4,50 €) - inclus dans le Rabat & Mdina Multi-Site ticket).* Seul un beau sol en mosaïque d'origine subsiste. Le bâtiment reconstitué abrite divers objets, colonnes, chapiteaux, statues, amphores ainsi que de belles mosaïques, notamment celle représentant les nymphes punissant un satyre.

Rabat garde vivant le souvenir du passage de saint Paul. L'édifice le plus important, l'église St-Paul, a été bâti au 17ᵉ s. (*tlj 9h30-13h30, 14h30-17h - entrée libre*). Sous l'église, se situe **St Paul's Grotto** (grotte de St-Paul), où l'apôtre, dit-on, après avoir fait naufrage, aurait vécu et prêché ; d'autres versions suggèrent qu'il y fut emprisonné. Ce lieu a toujours attiré les pèlerins qui emportent des fragments de parois rocheuses, ayant la réputation d'avoir des vertus curatives et miraculeuses. Premiers papes à visiter la catholique Malte, les papes Jean-Paul II et Benoît XVI sont venus y prier.

Sous les rues de Rabat s'étend un très vaste ensemble de catacombes, cimetière souterrain d'origine païenne, juive, et chrétienne datant du 2ᵉ au 5ᵉ s. Elles sont formées de divers éléments, tous taillés dans la roche : des tombeaux recouverts de dais, de simples niches, des petites « tables » circulaires qui servaient aux agapes, les proches venaient sans doute accomplir le rituel du deuil en mangeant et en buvant à la mémoire du défunt. Pour accéder aux **St Paul's Catacombs★★** (catacombes de St-Paul), il faut passer par le **Wignacourt Museum** *(Parish Square) - ✆ 2145 4697 - www.wignacourtmuseum.com - 9h30-17h - 5 € (3,50 €)*, ce très beau bâtiment construit en 1610 par le Grand Maître Wignacourt pour assurer le service de la grotte possède d'intéressantes collections.

Plus intéressantes, à nos yeux, les **St Agatha's Catacombs★★** *(St Agatha Street - ✆ 2145 4419 - tlj sf dim. 9h-17h, sam. 9h-13h - 5 €)* sont complétées par un beau musée et une crypte. On y admire particulièrement les fresques aux très belles couleurs, réalisées entre le 12ᵉ (de style byzantin) et le 15ᵉ s. Une visite guidée instructive est proposée toutes les 30mn.

Casa Bernard – *46 st Paul Street - ✆ 2144 4373 - www.casabernard.com - lun.-sam. visite guidée toutes les heures de 10h à 16h - 8 €.* Visite guidée par le propriétaire de cette belle demeure maltaise privée.

TA'QALI

Sur la route conduisant de Mdina à La Valette, un ensemble de constructions préfabriquées sert de cadre malheureusement peu chaleureux au **Ta'Qali Crafts Village**, qui regroupe des fabriques d'objets de toutes sortes. Halte obligée des circuits en autocar, la visite des ateliers des artisans reste néanmoins intéressante et les objets produits sont parmi les mieux manufacturés de l'île (*voir Nos Adresses p. 80*).

Le centre de l'île

Il y a une grande unité dans les centres-ville anciens de toutes les bourgades éloignées de la mer. Au fur et à mesure que l'on s'approche du cœur de ces cités, souvent occupé par l'église paroissiale, les rues se transforment en ruelles. Elles suivent des chemins tortueux, entre de hautes façades parfois percées de grandes portes cochères, souvent austères, qui cachent des jardins. On est loin du plan géométrique de La Valette. Zebbug, Siġġiewi, Zejtun ou Zabbar... autant de villages caractéristiques surprenants. La liste n'est pas exhaustive. En voici cinq où il est particulièrement recommandé de s'arrêter.

▶ **Accès :** Bus nos 43, 53, 54, 55 (Attard, Balzan et Lija) ; nos 31, 37, 38, 41, 42 (Mosta).

Plan détachable EF5-6.

▶ **Conseil :** Si vous en avez l'occasion, profitez d'une des fêtes paroissiales *(voir Agenda culturel p. 106)* pour découvrir l'ambiance traditionnelle de ces petits villages.

ATTARD, BALZAN ET LIJA

F6 Les trois villages de **Attard**, **Balzan** et **Lija** ne forment plus qu'une seule agglomération résidentielle et plutôt huppée. Leurs ruelles pittoresques aux traditionnelles façades à bow-window constituent un agréable itinéraire de promenade. Au centre se situe le **San Anton Palace.** Construit comme résidence de campagne pour le Grand Maître français Antoine de Paule, il est l'actuelle demeure du Président de la République Maltaise et ne se visite pas. En revanche, ses jardins, **San Anton Gardens★,** sont ouverts au public *(du lever au coucher du soleil)* et sont un havre de verdure et de paix. S'y trouvent également plusieurs fontaines, si rares à Malte. Au printemps, il faut profiter des orangers en fleurs. **Attard** est célèbre également pour son église Renaissance **St Mary★,** construite en 1616, et qui constitue sans doute l'édifice le plus évocateur de cette période. Son architecte, Tomasso Dingli, originaire de la ville, la dessina à 22 ans. La Vierge Marie est la sainte patronne de la cité ; sa fête, le 15 août, est un événement à ne pas manquer. **Lija** est la plus préservée des trois petites cités. Visiter les églises St Sauveur et celle de Notre-Dame-des-Miracles, tal-Mirakli. Cette dernière abrite comme beaucoup d'autres églises à Malte un beau tableau du grand peintre Mattia Preti.

MOSTA ET NAXXAR

E5 Mosta est célèbre pour l'énorme dôme de l'une de ses églises, Church of St Mary, appelée tout simplement **Dome★★**. Édifiée entre 1833 et 1860, inspirée du Panthéon, l'église a

Mosta.
Ph. Renault / hemis.fr

La croix de Malte

L'origine de la croix à huit pointes est inconnue. On la retrouve dans les armes de la ville italienne d'Amalfi dont les marchands étaient présents à Jérusalem. C'est le Grand Maître Raymond du Puy qui en 1120 fit d'une croix blanche l'emblème de l'Ordre : le blanc signifie la pureté et les quatre branches représentent les vertus chrétiennes – prudence, tempérance, justice et force morale – ; les huit pointes, adoptées quelques siècles plus tard, renverraient quant à elles aux Béatitudes.

pour titre de gloire cette coupole de 37 m de diamètre *(voir photo p. 49)*. Troisième dôme d'Europe par la taille, après Saint-Pierre de Rome et Sainte-Sophie de Constantinople, il constitue un des points de repère de l'île. Ce sont les habitants eux-mêmes qui ont financé et participé à sa construction. Pendant la Seconde Guerre mondiale, une bombe tomba dans l'église alors qu'elle était remplie de fidèles; par miracle l'engin n'explosa pas.

À l'ouest de Mosta (en partant de l'église prendre Triq il-Kbira et à droite Trik Kurat Bezzina, aller jusqu'au pont), **Wied ta'l- Isperanza** (la vallée de l'Espérance) est plantée d'arbres fruitiers. Admirez la ravissante chapelle Notre-Dame-de l'Espérance, bâtie au voisinage d'une ancienne église troglodyte.

Naxxar (***F5***), l'un des plus anciens villages de l'île avec ses maisons médiévales, est aujourd'hui pratiquement indissociable de Mosta. Comme partout les églises méritent d'être visitées (l'église de la Nativité de la Sainte Vierge et de sainte Lucie avec leur parvis commun). Au centre de la ville, sur la petites place se situe le **Palazzo Parisio★**, magnifique hôtel particulier *(Victory Square - bus nos 31, 35, 36, 37 et 205 - ✆ 2141 2461 - www.palazzoparisio.com - lun.-sam. 9h-18h - 12 €, dont un bon de 2 € utilisable à la boutique ou au Caffé Luna)*. Construit à l'origine pour le Grand Maître portugais Manoel de Vilhena en 1733, il fut embelli au 19e s. par le marquis Scicluna et agrémenté des plus beaux jardins à la française que l'on trouve à Malte. Ce palais, demeure privée, mérite votre visite. Vous y verrez la plus belle salle de bal de l'île, ornée de lustres en bronze, la salle de billard et son plafond en trompe-l'œil, peintures murales et fresques. S'y trouve rassemblé un mobilier révélateur du savoir-faire des artisans et artistes maltais et italiens.

THE LIMESTONE HERITAGE

F7 *Mons. M. Azzopardi Str., Siġġiewi - bus nos 62 et 201 - www.limestoneheritage.com - ✆ 2146 4931 - lun.-vend. 9h-16h, sam. 9h-12h - 7 € (6 €)*. Construit à l'initiative du syndicat des tailleurs de pierre maltais à l'emplacement d'une carrière, ce musée de plein air présente de manière vivante la **globigérine**, à l'origine de tant de chefs-d'œuvre architecturaux *(voir encadré p. 124)*. Possibilité de s'essayer à la sculpture sur pierre. Le site organise aussi des dîners folkloriques.

Le nord

La côte nord est la partie réservée aux stations balnéaires les plus touristiques et les plus populaires de l'île, à l'image de ce que l'on trouve tout autour de la Méditerranée. Au programme : sports nautiques, quelques visites et d'agréables promenades face à Gozo et Comino. Le paysage réserve plusieurs beaux points de vue.

▶**Accès :** Bus n°s 41, 42 (Mellieħa, Cirkewwa et Marfa) ; n° X1 depuis l'aéroport, n°s 12, 41, 42 (St Paul's Bay) ; au départ de Sliema n°s 221 et 222 (St Paul's Bay) ; n° 23 (Golden Bay).
Plan détachable DE3-5.
▶**Conseil :** Les plages de sable attirent les foules. À éviter de préférence en pleine saison estivale.

Le nord de l'île se divise en deux grandes stations touristiques, St Paul's Bay et Mellieħa Bay, qui couvrent une grande partie du littoral. Des plages sablonneuses se nichent entre les falaises et les promontoires rocailleux. Cependant, les plages les plus agréables, les plus sauvages et les moins fréquentées sont situées sur la côte nord-ouest, là où les aménagements sont relativement plus limités.
La partie nord de l'île abrite aussi quelques sites historiques importants. Bien qu'elle traverse des lieux très construits, la route depuis Sliema reste très pittoresque ; elle longe ou surplombe une côte toujours découpée. En chemin, on peut s'arrêter à **Salina Bay** qui abrite les anciennes salines.

ST PAUL'S BAY

(Il-Bajja ta'San Pawl Il-Baħar)

E4 Le littoral de la vaste baie de St Paul est une étroite plage de sable. Sur la droite s'étendent **Buġibba,** créée dans les années 1980 pour un tourisme de masse et **Qawra** qui surplombe aussi Salina Bay. Aucune des deux stations ne possède de plage, mais il est possible de nager et de pratiquer les sports nautiques à partir de la promenade de Buġibba. Buġibba est le point de départ de diverses croisières, dont la visite de St Paul's Bay. Ce serait dans cette partie, que saint Paul aurait pris pied sur l'île en l'an 60 *(voir Pour en savoir plus p. 113)*.
Les expéditions d'observation sous-marine « Captain Morgan's Underwater safari » partent également de Buġibba *(voir Malte pratique p. 104)*. Il est appréciable de regarder les fonds sous-marins à travers une coque en verre en dessous du niveau de la mer.
Il est recommandé d'aller se baigner dans la petite crique de Mistra Bay, à l'écart de la route principale, avant les îles St Paul.

Vous pouvez visiter la **Wignacourt Tower** (tour Wignacourt - *℘ 2122 5952 - tlj 10h-12h, lun. 19h-22h, merc. 19h-22h, jeu. 18h-21h, dim. 18h-21h - 2 €*), construite par Cassar pour le Grand Maître français Alof de Wignacourt en 1610. Elle est la première d'une série de tours de guet édifiées pour défendre l'île en dehors des villes fortifiées, la baie de St Paul offrant un mouillage isolé qui permettait un accès facile pour les envahisseurs de toutes sortes. Elle fut opérationnelle jusqu'à la construction du fort de Ste Agathe à Mellieħa. Elle accueille aujourd'hui une exposition permanente sur les fortifications maltaises et les techniques de défense de l'île.

En quittant St Paul's Bay pour aller vers le nord, vous apercevrez très vite la **Red Tower** (appelée aussi St Agatha's Tower, ***D4*** *- tlj 10h-13h - 1,50 €*) achevée en 1649 par le Grand Maître Lascaris. Elle domine le paysage. Il faut emprunter la route sur la gauche et la visiter notamment pour la vue extraordinaire sur Gozo et Comino.

MELLIEĦA BAY

(Il-Bajja tal Mellieħa)

D4 Mellieħa Bay possède la plus belle plage de sable de tout l'archipel. La longue baie dorée incurvée (appelée aussi Għadira Beach) est l'endroit idéal où venir en dehors de la saison estivale. On peut y pratiquer tous les sports nautiques.

La ville de Mellieħa se dresse tout en haut d'une colline abrupte dominant les environs. C'est une ville agréable qui possède un sanctuaire troglodyte dédié à la vierge, **Our Lady of Mellieħa** (Notre Dame de Mellieħa - *tlj 8h-12h, 16h-18h*), dont l'origine remonterait au premier siècle et dont l'icône peinte à même le mur, serait une œuvre d'inspiration byzantine du 13e s. C'est depuis des siècles un lieu de pèlerinage, visité par le pape Jean-Paul II en 1990.

MARFA RIDGE

D3-4 À l'extrémité nord de l'île, face à Gozo, la péninsule découpée en forme de râteau, abrite une succession de petites plages qui sont d'est en ouest : **Ramla, Armier,** ou encore **Paradise.** La pointe la plus occidentale de l'île se trouve un peu plus loin sur cette même route, d'où l'on profite d'une vue splendide sur la mer.

La route continue jusqu'au sommet de la falaise où se dresse une statue de la Vierge.

Le lieu se prête aux **randonnées,** les amateurs de marche et de nature peuvent faire le tour de Marfa Ridge (11 km environ). La promenade longe sur la gauche la réserve naturelle d'oiseaux de Għadira (200 espèces différentes), sanctuaire notamment pour les migrateurs mais aussi pour la faune et la flore locale.

Ces anciennes salines aménagées par la Birdlife se visitent toute l'année *(www.birdlifemalta.org - ℘ 2134 7646 - 8 €).*

À l'extrémité de l'île, à **Cirkewwa**, part le ferry pour Gozo *(voir p. 55)*.

Golden Bay.

Radisson

PLAGES DE LA CÔTE NORD-OUEST

D5 La route la plus intéressante jusqu'à la côté nord-ouest part du nord en passant par Manikata, mais on peut aussi traverser l'île à partir de St Paul's Bay. Vous y trouvez deux très belles plages. **Golden Bay** (Ir-Ramla tal-Mixquqa), étendue de sable doré, où pratiquer les sports nautiques bien qu'elle reste très fréquentée en pleine saison, et la plage sablonneuse de **Għajn Tuffieħa★** (Ir-Ramla ta'Għajn Tuffieħa, « prunelle de ses yeux ») en forme d'arc-de-cercle. Certainement la plus belle et la plus sauvage, elle occupe en contrebas, le fond d'une baie surplombée de deux falaises rocheuses, découpée par l'érosion. Elle est dominée par une des 13 tours de guet construites au 17e s. par les Chevaliers. Dès le mois d'avril, les pentes se couvrent de fleurs de toute beauté.

Au sud, dans une autre échancrure, se trouve **Ġnejna Bay** avec ses maisons de pêcheurs troglodytes et ses barques colorées. Vous empruntez pour y arrivez en passant par la ville de Mġarr, une très belle petite route de campagne en lacet.

SITES HISTORIQUES DE MĠARR

D5 Moins bien fourni en sites archéologiques que le sud, le nord possède cependant sur le territoire de la ville de **Mġarr** deux sites intéressants, les **Skorba Temples** à la sortie de Żebbiegħ *(St Anne Square - ✆ 2158 0590 http://heritagemalta.org - mar.-jeudi et sam. 9h - 11h30 - 3,50 € (3 €) - inclus dans le Heritage Malta Multisite Pass (voir p. 55) - le site ne peut accueillir que 15 personnes simultanément)* et ceux de **Ta'Ħaġrat** où fut retrouvé un des premiers modèles-miniature de construction de temple *(St Peter Street - bus n° 23 - ✆ 2158 6264 - http://heritagemalta.org - mar.-jeudi et sam. 9h - 11h30 - 3,50 € (3 €) - inclus dans le Heritage Malta Multisite Pass (voir p. 55) - le site ne peut accueillir que 15 personnes simultanément)*.

On peut également voir sur le bord de la route en allant à Għajn Tuffieħa l'un des rares vestiges de l'occupation romaine, des **Roman Baths★** (bains romains - *ne se visitent pas*).

Gozo★

Gozo est-elle l'île de Calypso décrite par Homère dans l'Odyssée, où séjourna Ulysse pendant plusieurs années ? Nul n'en a la preuve, mais son aura un peu mystérieuse s'accommode bien de cette légende. À huit kilomètres de Malte, Gozo a su préserver son charme méditerranéen et son caractère agricole. Elle est le grand jardin potager de l'archipel qui a échappé au tourisme de masse, au développement industriel et à la promotion immobilière sauvage. Elle est également le lieu de villégiature des Maltais qui y passent leurs vacances ou leurs week-ends. Avec la récente mise en place de strictes contraintes vouées au respect de l'environnement (programme Eco Gozo), la petite île se destine à devenir une destination 100 % écologique.

▶**Accès :** La **Gozo Channel Company** assure une liaison quotidienne entre Malte et Gozo avec un départ ttes les 45mn environ de 5h à 23h (juin-sept. 24h/24h, départ un peu moins fréquents entre 23h et 5h). Le trajet prend environ 30mn. Tarif piéton 5 €, voiture et conducteur 16 € (Mġarr Harbour, Mġarr Gozo ✆ 2155 6114, Cirkewwa ✆ 2158 0435, www.gozochannel.com).
Plan détachable AC1-2.
▶**Conseil :** Gozo peut se visiter en une journée mais vous regretterez sans doute de ne pouvoir rester plus longtemps... Si possible, préférez la voiture, le réseau de bus ne part que depuis Victoria.
Gozo est un paradis pour les randonneurs. Un sentier côtier fait le tour de l'île. Comptez 4 jours pour le suivre dans son entier (voir le dépliant *The Gozo Coastal Walk* disponible sur demande dans les offices de tourisme).
The **Heritage Malta Discover Gozo Ticket**, vendu 13 € (9 €), donne accès au Ġgantija Temples, Ta'Kola Windmill, Folklore Museum, Old Prison, Gozo Nature Museum et Gozo Museum of Archaeology, il devient intéressant si vous visitez Ġgantija et au moins deux autres sites.
Plus d'informations sur www.visitgozo.com.

Gozo mesure seulement 15 km sur 7 km. La plupart de ses routes rayonnant en réseau à partir de la ville de Victoria, établie au centre, il faut souvent revenir sur ses pas pour faire le tour de l'île. Il faut au minimum une journée pour visiter Gozo et un peu plus pour apprécier son charme. On peut décider de s'installer directement à Gozo à l'hôtel ou en louant un appartement ou une farm-house et profiter de ce séjour pour visiter Malte.
Plusieurs randonnées à faire à pied permettent d'apprécier au mieux les qualités de cette île *(voir p. 59)*.

MĠARR

C2 La première découverte des visiteurs, quelle que soit l'option prise, est le port de pêche et de commerce de **Mġarr** qui abrite une flottille de luzzu et autres barques aux couleurs vives, parallèlement aux bateaux de plaisance, cargos internationaux et bien sûr, un ou deux ferries qui attendent de repartir vers Malte.
L'église néogothique **Our Lady of Lourdes** (Notre-Dame-de-Lourdes, **C2**), édifice de la fin du 19e s., veille sur la ville qu'elle domine du haut de la falaise. Les Maltais ont une dévotion particulière pour le sanctuaire français de Lourdes et beaucoup d'entre eux y sont allés en pèlerinage. Au sommet de la colline, **Fort Chambray,** construit en 1749 par le bailli français Jacques-François de Chambray, constitue un ensemble de fortifications qui n'ont jamais été terminées et qui ont servi longtemps d'hôpital. Le site est en cours de réabilitation.

VICTORIA★ (RABAT)

B2 *Bus nos 301 et 303 au départ de Mġarr.*
Victoria, dominée par sa magnifique citadelle, se trouve au cœur de l'île. Elle doit son nom à la célébration en 1897 du soixantième anniversaire de la reine Victoria. Elle s'appelait autrefois Rabat, nom arabe qui peut être encore employé à l'heure actuelle. Les traces d'habitations de ce site sont très anciennes. La ville a subi les assauts répétés des différents envahisseurs et en 1551 Sinan Pacha et Dragut ont réduit en esclavage la quasi totalité de ses habitants *(voir Pour en savoir plus p. 131)*.
Le parc **Rundle Gardens** tout de suite à gauche avant d'arriver au centre, est agréable. Bien que plus verte que Malte, forêts et jardins sont rares à Gozo. La place centrale, **Pjazza d'Independenza,** (Place de l'Indépendance), se nomme également **It-Tokk** (« lieu de rencontres »).

Compétition musicale

Deux opéras très actifs se font face à Victoria : animés par la population, ils sont le reflet de la concurrence entre paroisses qui opposent leur saint patron. Cette rivalité se retrouve dans beaucoup de villages maltais qui entretiennent la tradition musicale des fanfares, les ***kazini****. Ces groupes musicaux sont bien sûr à l'honneur pendant la festa du village ou de la ville (voir Pour en savoir plus p. 125). Chaque fanfare est associée à un saint et aime se retrouver dans des clubs qui lui sont spécialement dédiés. Ces salles pittoresques, mi-bars, mi-salles paroissiales valent certainement la peine d'être aperçues si vous avez l'occasion de passer devant l'une d'elle. C'est ici que les kazini s'entraînent, en refaisant le monde autour d'un petit verre de vin ou d'une pinte de bière. www.gozoculture.com.*

Ġgantija.

En dehors de l'animation du marché du matin, c'est un endroit tranquille et ombragé. Comme souvent dans les villes et villages maltais, les bancs sont occupés par les hommes qui y passent leurs après-midi en buvant et parlant alors que les femmes s'installent le soir sur le pas de leur porte. À l'angle de Tri kir-repubbblika Telgha Tal-Kastell se situe l'attraction **Gozo 360°** (*17 Castle Hill - ✆ 2155 9955 - www.gozo360.com.mt - lun.-sam. 10h-15h, dim. 10h-13h - 7 €*). Ce spectacle audiovisuel projeté dans le seul cinéma de l'île, conçu sur le modèle de Malta Experience, est un bon résumé de l'histoire de l'île.

Citadel★ (Il-Kastell) – Triq tal-Belt mène à la citadelle, point central de l'île dont les fortifications servaient de refuge aux habitants en période de dangers. Sa situation permettait de surveiller les abords. Cet édifice médiéval a été consolidé par les Chevaliers entre 1699 et 1703, du temps du Grand Maître français Wignacourt. Très belle, la Citadelle a été restaurée avec soin, ayant subi le même sort que Mdina lors du tremblement de terre de 1693. L'édifice le plus important est la **Cathedral of Assumption★** (Notre-Dame-de-l'Assomption – *5h-20h - pas de visite pendant les offices*) de style baroque, conçue selon les plans de l'architecte maltais Lorenzo Gafa (*voir Pour en savoir plus p. 124*). Même contraste qu'à La Valette : une belle façade très simple, cache un intérieur richement travaillé. Son plafond est décoré d'une fresque en trompe-l'œil très réussie, due au peintre italien Antonio Manuele da Messina, qui date des années 1730. Plus d'un visiteur croit voir une véritable coupole !

Il faut monter jusqu'au **chemin de ronde★,** point culminant de l'île, qui offre une vue spectaculaire sur Gozo. En déambulant dans la citadelle, vous tomberez, sans les chercher, sur cinq petits musées. Le **Folklore Museum** (musée du Folklore – *Melite Bernardo De Opuo Street - ✆ 2156 2034 - http://heritagemalta.org - tlj 9h-16h30 - 3 € (2 €) - billet combiné pour les 4 sites de la citadelle 8 € - inclus dans le Heritage Malta Discover Gozo Ticket - voir p. 55*) regroupe objets et expositions qui retracent la vie quotidienne traditionnelle sur l'île. Il est installé dans trois beaux bâtiments médiévaux restaurés. L'**Archeological Museum** (Musée archéologique – *Archbishop Square - ✆ 2155 6087 - http://heritagemalta.org - tlj sf dim. 10h-12h30, 13h30-16h - 3 € (2 €) - billet combiné pour les 4 sites de la citadelle 8 € - inclus dans le Heritage Malta Discover Gozo Ticket - voir p. 55*) est installé dans un beau palais du 17e s., la Casa Bondi. Il rassemble les objets trouvés dans les temples de Ġgantija, ainsi que les vestiges puniques, grecs et romains. Derrière la cathédrale, le **Cathedral Museum** (musée de la Cathédrale – *lun.-sam. 10h-16h*), propose une collection classique de vêtements sacerdotaux, manuscrits, chandeliers, ciboires d'or et d'argent. Plus inattendu est le carrosse de cérémonie de l'archevêque de Gozo, datant du 19e s.

Les deux autres musées sont le **Knight's Armoury Museum** (musée de l'Armurerie), une salle d'armes qui renferme une belle collection d'armes et d'armures, et en face le **Natural History Museum** (musée d'Histoire naturelle – *Triq Kwatieri ta san Martin - ✆ 2155 6153 - 9h-16h30 - 3 € (2 €) - billet combiné pour les 4 sites de la citadelle 8 € - inclus dans le Heritage Malta Discover Gozo Ticket - voir p. 55*) qui présente la faune, la flore et la géologie de l'île de manière très complète. On peut également visiter la prison construite au 16e s. et utilisée jusqu'au siècle dernier.

En quittant la citadelle, traversez la grande rue pour vous promener dans les petites ruelles de la ville basse où vous trouverez la deuxième grande église de Victoria, la **St George's Basilica** (basilique St George), nichée sur une petite place. Construite en 1673, elle fut elle aussi restaurée après le tremblement de terre, puis plus récemment. À noter une reproduction du saint Georges peint par Mattia Preti ainsi qu'une *Visitation*.

TA'PINU★

AB1 *Bus nos 305 (Għarb), 308 (Ta'Pinu) au départ de Victoria.*

À deux kilomètres à l'ouest de Victoria, en tournant à droite, vous arrivez au lieu de pèlerinage le plus important de Malte, la **Basilica of Ta'Pinu** (*tlj 6h30-12h30, 13h30-19h*).

À la fin du 19e s. dans l'église qui existait au même endroit, des voix célestes se sont fait entendre à deux reprises, suivies de guérisons miraculeuses. Gozo eut ensuite le privilège d'être épargnée par la peste qui frappait Malte. La petite chapelle initiale devenant trop petite, en 1920, on construisit l'église actuelle de style néo-roman à laquelle le pape conféra le statut de basilique.

GĦARB★

Plus loin à l'ouest, tout près de la grande route, le village de **Għarb**★ est composé de très belles demeures devenues souvent des résidences secondaires.

S'y trouve le **Għarb Folklore Museum** (musée du Folklore – *Pijazza l-knisja - ✆ 2156 1929 - 9h-16h sauf dim. 9h-13h - 3 €*), situé dans un hôtel particulier du 18e s. Il abrite des reconstitutions d'ateliers liés aux activités quotidiennes des Gozitains.

Randonnée – À partir de Għarb profitez de la promenade magnifique (*12 km, 4h30, balisage*) à travers la campagne et jusqu'aux falaises. Une excellente occasion d'apprécier le calme et le charme de Gozo et de découvrir sa flore. Au départ de la place de l'église Notre-Dame de la Visitation (belle façade incurvée), cette promenade vous ramènera à votre point de départ. Ce trajet passe par la très belle petite chapelle San Dimitri (15e s.), entourée de champs, dominant la mer. Vous pouvez emprunter la vallée du **wied il-Mielah** puis celle du **wied Għasri** en allant vers le village du même nom; vous passerez par Ta'Pinu pour retourner à Għarb.

DWEJRA POINT

(Il-Ponta tad-Dwejra)

A1-2 *Bus nos 302, 311 au départ de Victoria. Prenez garde à l'horaire de* *retour pour ne pas manquer le dernier bus.*

La route traverse San Lawrenz jusqu'au **Cap Dwejra.** Ce site est magnifique et sauvage. Une étonnante arche naturelle creusée dans le roc, appelée pour des raisons évidentes **Azure Window★,** « la fenêtre d'azur », se découpe entre ciel et mer. Le coucher de soleil y est spectaculaire et nombre de visites sont organisées pour venir l'admirer. La côte est également l'un des sites favoris des plongeurs. Un air de bout du monde, souffle sur ces rochers érodés par le vent, lisses, et blancs de sel. En remontant la petite colline, à droite de la chapelle Ste Anne, vous trouvez une autre merveille de la nature : **Inland Sea★**, « la mer intérieure ». De ce petit lagon, bordé d'une plage de galets, vous pouvez passer en bateau sous une autre arche pour atteindre le large. Vous trouverez le long de la côte plusieurs pêcheurs qui proposent des balades d'une vingtaine de minutes (*3-5 € par pers.*). La petite baie qui se trouve derrière vous lorsque vous regardez la « fenêtre d'azur » est réputée pour sa troisième curiosité, répondant au nom mystérieux de **Fungus Rock** (ou « la racine du Général »). C'est là que poussait autrefois le célèbre fungus Gaulitanus auquel les Chevaliers de Malte attribuaient des vertus curatives contre la dysenterie et pour stopper les hémorragies. Les Chevaliers construisirent la tour, **Qawra Tower★**, pour veiller sur ce trésor et toute tentative de vol était punie de mort.

Ripani / Simeone / Photononstop

Fungus rock

CÔTE SUD

B2-C3 La route descend en pente raide vers la côte sud, le long d'une luxuriante vallée suivant un cours d'eau. En quittant les faubourgs de Victoria, vous apercevez un petit édifice du 17e s., **Knight's Wash House,** bâti sur une source.

Xlendi★ (*bus n° 306*) est une ravissante petite station balnéaire établie au cœur d'une crique paisible. On y trouve une minuscule promenade ainsi qu'une poignée d'hôtels et de bars, sans oublier une plage de la taille d'un mouchoir de poche, malheureusement bondée en été. Les expéditions de plongée sous-marine partent également de cette station.

De petites routes secondaires peu carrossables vous mènent le long du littoral jusqu'au village de **Sannat** (*bus n° 305*). Au-delà du village, le site de Ta'Cenc, vaste lande qui surplombe la mer, abrite un bel hôtel du même nom (*voir Nos Adresses p. 89*). Il existe un petit nombre de vestiges préhistoriques, dont quelques dolmens et de mystérieuses traces de chariots, semblables à celles que l'on peut voir à Malte. Tout près se trouve la petite crique rocheuse de **Mġarr ix-Xini,** l'un des plus beaux paysages de Gozo, certainement préservé par son accès difficile (petite route très étroite et non bétonnée qui dégringole vers la mer). Une baignade dans ce fjord gozitain est quelque chose d'inoubliable.

CÔTE NORD

BC1 La principale station touristique de Gozo, **Marsalforn** (*bus n° 310 au départ de Victoria, n° 322 depuis Mġarr*), est abritée dans un port de pêche à l'origine circulaire. Bien que très fréquentée l'été, sa taille réduite et les barques traditionnelles de pêcheurs lui ont gardé tout son charme. Elle possède une petite plage mêlant sable et galets, mais les amateurs de baignade préfèrent plonger des rochers qui la bordent. On trouve deux criques rocheuses plus calmes, parfaites pour se baigner, en allant vers l'ouest, à Qbajjar et à Xvejni.
À l'entrée de Xvejni, tout le long de la mer, sur plus de 2 km, des salines ont été creusées, sur un quai naturel. Ces **salines de Ghajn Barrani,** constructions géométriques et horizontales, forment un ensemble unique et sauvage qui est toujours exploité.
À l'est, la route mène à la grotte de Calypso, **Calypso's Cave.** La légende veut que ce soit à Gozo que la nymphe Calypso ait jeté un sort à Ulysse, le retenant prisonnier dans sa caverne pendant sept ans. Une halte à **Ramla Bay** (Ir-Ramla, *bus n° 322 au départ de Mġarr et Marsalforn, n° 302 via Victoria*) est conseillée pour profiter du paysage et de la plus belle plage de Gozo. Il s'agit en effet de la seule vraie plage de sable de l'île et par conséquent très populaire. On y trouve cafés, équipements pour sports nautiques et parasols, mais il faut prendre garde aux courants et aux récifs si l'on souhaite nager.
Si Ramla Bay vous semble trop fréquentée, essayez la charmante crique sablonneuse de San Blas, plus à l'est, nécessitant cependant un détour par Nadur. Il faut se garer à une certaine distance pour descendre à pied le sentier escarpé, mais cela en vaut la peine.
On peut aussi se réfugier loin de la foule, à Daħlet Qorrot. Comme pour San Blas, c'est un chemin abrupt qui mène à cette jolie baie.

ĠGANTIJA★★★

C2 *Bus n° 307 au départ de Victoria, n° 322 au départ de Mġarr.*
John Otto Bayer Street, Xagħra - http://heritagemalta.org - oct.-mars tlj 9h-16h30, avril-sept. 8h-19h - 9 € (7 €) - inclus dans le Heritage Malta Discover Gozo Ticket (voir p. 55).

Datant du 4e millénaire av. J.-C. les **Ġgantija Temples★★★** font partie des plus anciens vestiges de l'archipel et probablement du monde (*voir Pour en savoir plus p. 117*). Ces deux temples incarnent, pour les spécialistes, l'esprit de l'époque néolithique. Le site de Ġgantija faisait partie des lieux à visiter durant le « Grand Tour », voyage pratiqué autrefois par les jeunes artistes et intellectuels européens pour s'initier à la perfection de l'art dans l'Antiquité. Le peintre français Jean-Pierre Houël (1735-1813) l'a dessiné dès 1785.
Le nom « Ġgantija » renvoie à la taille gigantesque des temples. On a longtemps cru qu'ils étaient l'œuvre de géants. Certains des blocs de pierre mesurent jusqu'à 6 m de

haut et pèsent plusieurs tonnes. Le temple de gauche, plus important et plus ancien que l'autre, comporte 5 absides différentes dont l'une est ornée de 3 niches. Il y fut sans doute retrouvé une grande pierre sculptée d'un serpent actuellement exposée au Musée archéologique de Victoria (*voir p. 58*). Préambule à la visite du musée, le centre d'interprétation récemment ouvert mérite qu'on s'y arrête, ne serait-ce que pour admirer les délicates statuettes retrouvées, ces personnages aux mains et à la coiffure finement sculptées.
Les connaissances rassemblées aujourd'hui sur la civilisation préhistorique qui peuplait l'archipel de Malte restent très lacunaires. L'exposition apporte cependant d'intéressants éléments d'information concrets pour mieux appréhender cette époque méconnue de l'histoire maltaise.
Tout proche, le **Xagħra Stone Circle** est maintenant protégé et inaccessible au public en dehors de visites privées.
Tout près de Ġgantija, en bordure de Xagħra se trouve un moulin restauré avec soin, le **Windmill Museum★**, qui abrite un Musée folklorique (*Ta'Kola Windmill - tlj 9h-16h30 - billet combiné avec les temples de Ġgantija 9 € [7 €]*). Ce sont les Chevaliers qui ont introduit les moulins à vent à l'image de ceux qu'ils avaient à Rhodes.
Xagħra est un agréable village situé sur le plateau et qui domine les alentours. Tout près de la place, deux grottes sont situées sous des maisons privées. **Xerri's Grotto** tout comme la plus petite, **Ninu's Grotto,** remplies de stalactites et de stalagmites aux formes étranges.
Le petit musée de jouets, **Pomskizillious Toy Museum** (musée du jouet Pomskizillious – *10, Gnien Xibla Street - ✆ 2156 2489 - www.themuseumoftoys.com - tlj sf dim. 10h30-13h, en été 10h30-13h, 14h-16h - 2,80 €, réduit 1,80 €*) rassemble d'anciens automates et des jouets vieux de près d'un siècle et demi.

Comino

Rocher aride battu par les vents, serti de vagues, Comino cultive des airs d'île au trésor avec ses falaises escarpées, ses criques idylliques et ses grottes accessibles uniquement par la mer. Longtemps l'île servit de repaire aux pirates qui coursaient les riches bateaux parcourant cette région de la Méditerranée mais aussi de destination pour les hôpitaux d'isolement en période d'épidémie et, même – moins romanesque ! – de porcherie lorsque les troupeaux porcins de l'archipel furent contaminés par une maladie nécessitant la mise en place d'une filière de reproduction sélective. Aujourd'hui, vous n'y croiserez pas de cochons, mais, en saison, de nombreux baigneurs et promeneurs. Quoi qu'il en soit, c'est toujours un plaisir particulier de nager autour de cet îlot.

▶**Accès :** Pour se rendre à Comino : **United Comino Ferries** relie la petite île à Marfa toutes les heures de 9h à 15h, dernier retour à 16h, tarif 10 €, enfant 5 € (✆ 9940 6529, www.unitedcominoferries.com). Le seul hôtel de l'île assure son propre service de navette, accessible à tous au prix de 8 € par adulte et 4 € par enfant. Plusieurs compagnies privées proposent des tours de l'île avec pause baignade au départ de Cirkewwa ou du port de Mġarr à Gozo (compter environ 15-18 € par pers.).
Plan détachable CD3.

Comino est une île préservée, sans voiture. Appelée autrefois Cumin du nom de la plante sauvage le fenouil, elle possède moins de dix habitants, mais une belle chapelle de l'Annonciation qui date du 16e s. et une vaste tour de guet, la **St Mary's Tower** (tour Ste Marie – *la présence du drapeau signale que la tour est ouverte à la visite*) édifiée par le Grand Maître français Alof de Wignacourt en 1618. Ses grottes et ses failles furent longtemps un repère de pirates et de contrebandiers.

Située entre Malte et Gozo elle est réputée pour ses eaux limpides, en particulier au célèbre **Blue Lagoon**★ (Bejn Il-Kmienen), un petit détroit qui sépare Comino de l'îlot minuscule de Cominotto. La pureté de la mer couleur d'aigue-marine attire non seulement tous les amateurs de plongée sous-marine mais aussi nombre de bateaux de plaisance de l'archipel. Comino est donc très fréquenté en été mais redevient paradisiaque dès la fin de la saison.

BIBLIOTHECA

Nos adresses

La Valette, Café Cordina.
Office du Tourisme de Malte

Se restaurer

Si nombre de restaurants ont choisi de jouer la carte de la cuisine italienne, plusieurs bistrots continuent à servir les recettes traditionnelles riches en saveurs. Sachez, en outre, que les portions servies sont souvent généreuses...

Les adresses sélectionnées ci-dessous sont positionnées sur le plan détachable à l'intérieur de la couverture, ainsi que sur les plans de La Valette p. 17 et de La Valette alentours p. 30 ; elles sont repérables grâce à des pastilles numérotées (ex. 1).

LA VALETTE

Plan de ville p. 17

Entre 10 et 25 €

1 **Da Pippo Trattoria** – **A2** - *136 Melita Street - ✆ 2124 8029 - - tlj sf dim. 11h30-15h.* Dans le quartier des bureaux, voici une cantine aux allures de trattoria italienne très fréquentée par les Maltais. Le menu aux saveurs méditerranéennes, suit les arrivages du marché.

6 **Ta Nenu Bakery** – **B1** - *143, St Dominic Street - ✆ 2258 1535 - www.nenuthebaker.com - tlj sf lun. 12h-15h, 19h30-23h.* Issu d'une famille de boulangers, Nenu a choisi de poursuivre la tradition au cœur de la capitale maltaise. Dans son tout nouveau bistrot le cadre est moderne mais la saveur du pain et des *ftiras* (sorte de pizzas locales) toujours aussi authentique.

23 **Socjeta' Filarmonica Nazzjonali** – **B1** - *297 Republic Street - ✆ 2122 1818 - www.socnazlavalette.com - tlj 9h-22h.* Avec son billard et ses quelques tables disposées sous les hauts plafonds de son grand hall, le siège de la première société philharmonique de l'île est une excellente adresse pour faire une pause roborative (au menu, sandwichs, burgers et plat du jour) aux côtés des musiciens de la fanfare, qui répètent aux étages supérieurs ou s'y retrouvent en famille et entre amis.

28 **Cockney Bar & Restaurant** – **A2** - *Marsamxett Wharf - ✆ 2123 6065 - www.cockneysrestaurant.com - tlj 12h-15h, 19h-22h.* « Cockney », c'était le surnom de l'arrière-grand-père parti rouler sa bosse à Londres avant de revenir au pays ouvrir ce restaurant de poisson, en contrebas des fortifications de La Valette. Les spécialités sont restées les mêmes (poissons, glaces et granités) et se dégustent aujourd'hui, avec vue sur le va-et-vient des ferries qui relient Sliema à La Valette. Un vrai goût de vacances !

Entre 25 et 50 €

2 **Rubino** – **A1** - *53 Old Bakery Street - ✆ 2122 4656 - lun.-sam. 12h-14h30, 19h30-22h45 - fermé 15-31 août, dim., lun. midi et sam. midi - réserv. conseillée.* Cette ancienne épicerie à l'enseigne aux lettres dorées, a préservé son décor début 20e s. Un charme d'antan règne dans les trois petites salles

échelonnées sur trois niveaux. Une nouvelle gestion propose une cuisine italienne de qualité aux parfums de Sicile.

3 **Ambrosia** – **B1** - *137 Archibishop Street - ✆ 2122 5923 - tlj sf dim. 12h30-14h30, 19h30-22h.* À quelques pas du palais du Grand Maître, ce bistrot éclectique ne manque pas de style. Dans la vaste salle au mobilier antiquisant, une clientèle de gourmets se presse pour déguster les savoureuses spécialités du chef Chris Farrugia.

7 **Palazzo Preca** – **A1** - *54 Strait Street - ✆ 2123 7121 - tlj sf lun. 12h30-14h30, 19h30-22h30.* Solidement implantée dans le hall d'un palais du 15e s. en centre-ville, voici la dernière adresse en vogue à La Valette. Une cuisine soignée à base de produits du marché et une décoration réussie renforcent sa bonne réputation.

27 **Guze Bistro** – **A2** - *22 Old Bakery Street - ✆ 2123 9686 - www.guzevalletta.com - lun.-jeu. 18h-22h30, vend.-sam. 12h-15h, 18h-22h30.* Sobre et raffiné, ce bistrot vous charmera d'emblée avec son décor ancien de pierre ocre. L'assiette, joliment dressée et pleine de fraîcheur, fera le reste... Pour profiter de cette bonne adresse, venez tôt ou pensez à réserver.

29 **Wild Honey** – **A2** - *127 St. Lucia Street - ✆ 2768 7457 - lun. et merc. 8h-16h, 18h-22h30, mar et jeu. 8h-16h, vend. 8h-15h, 17h-0h -* . Encore une adresse récemment ouverte à La Valette. Dès le matin, les petites faims trouveront ici gourmandise à leur gosier dans une atmosphère agréablement décontractée.

30 **Zero Sei** – **A2** - *75 Old Theatre Street - ✆ 2122 2010. « Keep calm and eat carbonara »*, voici le genre d'injonctions que vous recevrez si vous poussez la porte de Fausto. Originaire de Rome, il mettra tout son cœur à vous faire apprécier ses plats composés de produits italiens, soigneusement sélectionnés. Pas de carte des vins : vous irez choisir votre bouteille au cellier. Attention, les jours d'ouverture sont aléatoires, tentez donc votre chance...

41 **Michael's at the Civil Service Sport Club** – **A1** - *113 Archbishop Street - ✆ 2122 8500 - lun.-jeu. 12h-15h, 19h-22h30, vend.-sam. 12h-15h, 19h-23h.* Si vous êtes décidé à vous régaler d'*aljotta* ou de *fenkatta*, vous êtes à la bonne adresse. Dans le cadre magnifique d'un ancien palais, vous apprécierez pleinement les mets traditionnels préparés par Michael. Bel et bon, le restaurant est très demandé, alors pensez à réserver... (Notez que le restaurant ferme ses portes de juillet à octobre, mais s'ingénie à trouver d'intéressants remplaçants.)

Jusqu'à 80 €

4 **Phoenix Restaurant** – **A2** - *Hôtel Phoenicia, The Mall, Floriana - ✆ 2291 1083 - www.phoeniciamalta.com - tlj 12h-15h, 19h-22h.* Dans le cadre séduisant de l'hôtel Phoenicia, on apprécie autant la salle à manger lumineuse au décor 1900, que la terrasse donnant sur les jardins. La qualité de la carte est incontestable, tout comme la liste des vins qui ne manquera pas de satisfaire les plus exigeants.

5 Giannini Ristorante – ***A2*** - *23 Windmill Street - St Michael's Bastions - ✆ 2123 7121 - lun.-sam. 12h-14h30, 19h-22h30 - fermé sam. midi et dim. - réserv. conseillée.* Au 1er étage d'une maison maltaise typique, vous serez séduits par le cadre élégant et un brin glamour de ce restaurant. La vue sur Sliema et l'île Manoel est à couper le souffle, tandis qu'une cuisine délicate rend hommage aux spécialités italiennes.

LES TROIS CITÉS

Plan alentours p. 30

Entre 10 et 25 €

35 Be Birgu (San Lawrenz Band Club) – ***B3*** - *Misraħ ir-Rebha - Vittoriosa/Birgu - ✆ 7722 0077 - tlj 7h-23h.* Trônant sur l'une des places principales de Vittoriosia (aussi appelé Birgu), cette maison de la fanfare abrite un café-restaurant, où l'on sert une cuisine simple, au goût du jour, dans une atmosphère conviviale. Au fond, agréable cour-jardin.

Entre 25 et 50 €

40 Tal Petut – ***B3*** - *20 Triq Pacifiku Scicluna - Vittoriosa – ✆ 7942 1169 - www.talpetut.com - sur réserv. uniquement - min. 6 pers.* Attention, ceci n'est pas un restaurant comme les autres. Ici, on fait du sur-mesure ou quasiment. Au moment de la réservation, on vous propose un menu qui vous initiera dans d'excellentes conditions aux meilleures spécialités de l'île. Comptez 30 € par personne.

Jusqu'à 80 €

6 Don Berto – ***B3*** - *The Treasury, Birgu Waterfront, Vittoriosa - ✆ 2180 8008 - tlj 12h-23h.* Sa position exceptionnelle sur une terrasse le long du port de Vittoriosa, en fait un des restaurants les plus agréables de Malte. L'intérieur au décor design est tout aussi plaisant. Au menu : pizzas, pâtes et salades qu'une touche de créativité rend tout sauf banales.

AU NORD DE LA VALETTE

Plan alentours p. 30

De l'autre côté du port de Marsamxett, Sliema, St Julian's et Paceville recèlent plusieurs bonnes adresses.

Entre 10 et 25 €

10 La Cuccacagna – ***A1*** - *47 Amery Street, Sliema - ✆ 2134 6703 - tlj sf lun. 19h-0h (dim. 12h-14h30).* À quelques pas du bord de mer, le décor marin bleu et blanc de ce bistrot invite à se laisser tenter par une intéressante variété de pizzas.

8 Caffé Raffael – ***A1*** - *Spinola Bay, St Julian's - ✆ 2135 2000 - tlj 9h-0h.* Ce café-restaurant, idéalement situé sur la baie de Spinola, jouit d'une bonne réputation locale. On profite d'un déjeuner léger ou d'un verre au coucher du soleil depuis sa terrasse fleurie.

9 Sale e Pepe – ***A1*** - *Portomaso Marina, St Julian's - ✆ 2138 3345 - tlj 12h-15h, 19h-23h.* Loin de l'agitation de Spinola Bay, le calme de la baie de Portomaso fait de Sale et Pepe l'endroit idéal où se détendre, après une séance de shopping au *mall* voisin.

T. Lombardi / Palazzo Castelletti

Rabat, palazzo Castelletti, restaurant San Andrea.

Entre 25 et 50 €

11 **Barracuda** – ***A1*** - *194 Main Street, St Julian's* - *2133 1817 - tlj 19h-22h30 - www.wgc-group.com/barracuda - réserv. conseillée.* Un restaurant de caractère né des vestiges d'une villa du 18e s. le long du bord de mer. Les plats de poisson y sont à l'honneur.

12 **Peppino's** – ***A1*** - *31 St George's Road, St Julian's* - *2137 3200 - www.peppinosmalta.com - tlj sf dim 12h-15h, 18h30-23h.* Un air d'*osteria* romaine flotte chez Peppino's niché au fond de Spinola Bay. La carte propose une cuisine italienne traditionnelle à des prix plus que raisonnables.

Jusqu'à 80 €

13 **La Dolce Vita** – ***A1*** - *159 St George's Road, St Julian's* - *2138 8600 - tlj 12h30-15h30 (sf sam. et dim.), 19h-23h30 - réserv. conseillée.* Nouvelle gestion pour l'un des restaurants le plus appréciés du quartier, là où la jeunesse dorée maltaise aime dîner entre amis. L'attente est parfois longue au rez-de-chaussée, mais la vue depuis la salle à l'étage mérite qu'on prenne patience. Cuisine essentiellement de poisson qui marie les saveurs orientales à celles de la Méditerranée.

LE SUD

***Plan détachable* EG7-8**

Entre 10 et 25 €

42 **Step Inn** – **F8** - *Triq Wied Hoxt, Zurrieq - tlj 9h-22h.* Sur les hauteurs de Blue Grotto, ce petit établissement familial présente pour principal intérêt sa situation : la terrasse offre une vue époustouflante sur la mer et l'îlot de Filfla. La carte propose une cuisine simple, au goût du jour, très correcte, dans un lieu où l'affluence touristique pourrait faire craindre le pire.

Entre 25 et 50 €

14 **Ir-Rizzu** – **G7** - *52 Xatt Is-Sajjieda, Marsaxlokk - ✆ 2165 1569 - tlj 12h-15h, 18h-23h - fermé dim. soir, 25 déc. et 1er janv. soir.* Depuis la terrasse sur le quai on peut admirer le port avec ses *luzzu* colorés. Au menu, l'essentiel des produits de la pêche : poisson frais, poulpe, calamar et gambas.

39 **La Nostra Padrona** – **G7** - *87 Xatt Is-Sajjieda, Marsaxlokk - ✆ 2766 7720 - tlj 12h-15h, 18h30-22h30.* À Marsaxlokk, difficile de proposer autre chose qu'un restaurant de poisson avec vue sur le port. Celui-ci fait parfaitement l'affaire et se distingue par son service attentionné.

31 **Ta'Victor** – **G7** - *Misraħ Madonna ta' Pompei, Marsaxlokk - ✆ 2164 1033 - www.tavictorrestaurant.com - tlj 12h-15h, 18h-23h.* Vous trouverez chez Victor, installé à l'ombre de l'église, une cuisine savoureuse et efficace sur le thème... des poissons et fruits de mer.

Jusqu'à 80 €

15 **Blue Creek** – **E8** - *Għar Lapsi, L/O Siggiewi - ✆ 2146 2800 - www.bluecreekmalta.com - 12h-15h, 19h-22h30 - fermé mar., jeu. soir.* Le long de la côte sud de l'île, Blue Creek surplombe les falaises rocheuses de Għar Lapsi. Le célèbre *fritto misto* de poisson ne manque jamais de satisfaire les convives, mais les autres plats n'ont rien à lui envier.

MDINA/RABAT

Plan détachable

Entre 10 et 25 €

33 **Palazzo Castelletti** – **E6** - *62 Triq San Pawl, Rabat - ✆ 2145 2562 - www.palazzocastelletti.com - tlj.* Trois ambiances se côtoient dans ce palais qui abrite aujourd'hui la Castelleti Salumeria et Patisserie ouverte uniquement dans la journée *(sandwichs à 5/7 €)*, le restaurant San Andrea, plus classique, et la pizzeria RedWhite, particulièrement recommandable pour sa terrasse sur les toits et sa cuisine à l'italienne *(comptez 10/12 € pour une pizza ou une salade).*

Entre 25 et 50 €

16 **Trattoria AD 1530** – **E6** - *Misraħ il-Kunsill, Mdina - ✆ 2145 0560 - tlj 10h-23h.* Même si vous n'êtes pas l'un des résidents du Xara Palace, vous pouvez profiter de son agréable bistrot. La salle intérieure meublée avec beaucoup de goût ainsi que la paisible terrasse invitent le visiteur à se détendre le temps d'un

déjeuner ou pour le thé de l'après-midi accompagné de son chariot de pâtisseries.

32 **Bottegin Palazzo Xara** – **E6** - *19 Triq San Pawl, Rabat - ✆ 2145 4538 - www.bottegin.com.mt - midi et soir.* Lieu de rassemblement de la fanfare de Rabat, le palais Xara est aussi un restaurant ouvert à tous. N'hésitez pas à vous faufiler jusqu'au *secret garden* pour un repas hors du temps.

Jusqu'à 80 €

17 **The Medina** – **E6** - *7 Holy Cross Street, Mdina - ✆ 2145 4004 - medinarestaurantmalta.com - tlj sf dim. 19h-22h30.* Dans une ruelle de Mdina, cette ancienne maison traditionnelle accueille un des meilleurs restaurants de la région. La cuisine internationale n'oublie pas pour autant les recettes maltaises que l'on déguste dans le pittoresque patio.

LE CENTRE DE L'ÎLE

Plan détachable

Entre 10 et 25 €

18 **Caffé Luna** – **F5** - *Palazzo Parisio, 29 Victory Square, Naxxar - ✆ 2141 2461 - tlj 9h-18h - fermé 24, 25 déc., 1er janv.* Si vous visitez la demeure estivale du noble sicilien Parisio (1733), vous succomberez au charme de la terrasse du Caffé Luna donnant sur le jardin, le temps d'un petit-déjeuner, d'un déjeuner, ou pour le *tea-time* à l'anglaise.

Entre 25 et 50 €

19 **Il-Barri** – **D5** - *Church Square, Mġarr - ✆ 2157 3235 - tlj sf lun. midi 11h30-14h30, 18h-22h.* Sans nul doute, Il-Barri est le meilleur endroit pour goûter à la traditionnelle *fenkata* de lapin *(voir p. 127)*. Les Maltais en raffolent et aiment se retrouver ici entre amis ou en famille.

LE NORD

Plan détachable

Entre 25 et 50 €

20 **Giuseppi's Wine Bar** – **D4** - *25 St Helen's Street, Mellieħa - ✆ 2157 4882 - mar.-sam. 19h30-22h30.* Ambiance chaleureuse et conviviale chez Giuseppi's qui est bien plus qu'un *wine bar*. La carte varie toutes les trois semaines, pour proposer une cuisine traditionnelle revisitée : raviolis de fromage de chèvre, lapin en sauce chocolat, fricassée de champignons au basilic...

GOZO

Plan détachable

Entre 10 et 25 €

34 **Ta'Rikardu** – **B2** - *Razzett taċ-Ċanti, 4 Triq il-Fosos, Victoria - ✆ 2155 5953 - tlj sf j. fériés 12h-18h.* Lorsque le soleil écrase la citadelle, il fait bon se réfugier dans la salle fraîche de Ricardo. On y goûte les produits de sa ferme et, la qualité valant argument, on en repart en général avec des provisions de fromages, olives, limoncello et autres liqueurs. La maison propose aussi une sélection d'objets artisanaux et industriels particulièrement bien choisis (vases et verreries, petites maisons peintes, bijoux, céramiques, etc.)

(36) **Tal-Furnar** - **C2** - *136 Ġnien Xibla Street, Xagħra - ✆ 2155 6372 - 12h-20h.* Au cœur de Xagħra, déployant quelques terrasses au bord de la rue conduisant aux sites néolithiques, ce restaurant très simple a la particularité de posséder le dernier four à pain en pierre de l'archipel. Roboratifs mais réellement savoureux, les *pastizzi* et *ftira* servis ici ont le goût du Gozo d'autrefois.

(22) **Otters** - ***B1*** - *Off St Mary Street, Marsalforn - ✆ 2156 2473 - avr.-oct : tlj 10h-23h30 ; reste de l'année : tlj 10h-17h.* Ce restaurant qui vient de rafraîchir son look en prenant des allures de lounge, est parfait pour un déjeuner aux saveurs de la mer en contemplant la baie de Marsalforn.

(25) **Kantra Beach Club** - ***B2*** - *Ta'Cenc Street, Sannat - ✆ 2099 4680 ou 7988 4680 - mai-sept.* Voici une adresse hors du temps au décor de film. Quelques tables sous une pergola et quelques transats un peu plus loin regardent les reflets du soleil sur l'eau, le temps d'une salade ou d'une grillade de poisson.

Entre 25 et 50 €

(21) **Oleander** - ***B1-2*** - *10 Victory Street, Xaħgra - ✆ 2155 7230 - tlj 12h-15h, 19h-22h - fermé lun. - réserv. conseillée.* Situé sur la jolie place de Xaħgra face à l'église, Oleander tire son nom de l'arbre « national » de Malte aux fleurs rouges et blanches comme son drapeau. Incontournables : le ragoût de lapin et les grillades de poisson frais.

(37) **Zafiro Xlendi** - ***B2*** - *Xlendi Promenade - ✆ 2156 5555 - www.hotelsanandrea.com - tlj 11h-15h, 18h-21h30.* Niché au fond de la baie, dans la minuscule station balnéaire de Xlendi (réputée pour ses écoles de plongée), ce restaurant donne l'impression de revenir à l'époque où l'on prenait pension pour l'été. Une fois installé sur la terrasse, devant une assiette de fruits de mer ou un fondant à la pistache, on comprend pourquoi ses pensionnaires reviennent fidèlement chaque soir s'attabler ici.

Jusqu'à 80 €

(24) **Ta'Frenc** - ***B2*** - *Ghajn Damma Street, Off Marsalforn Road - ✆ 2155 3888 - www.tafrencrestaurant.com - tlj 12h-13h30, 19h-22h - fermé mar. - janv.-mars : ouv. uniquement dim. midi, vend., sam.* Une des meilleures tables de Gozo aménagée dans une *farm-house* rénovée avec beaucoup de goût. Les herbes du potager relèvent délicatement les saveurs d'une cuisine recherchée. Excellente carte des vins.

(26) **Il-Kcina tal-Barakka (Sammy's)** - **C2** - *28 Manuel De Vilhena Street, Mġarr - ✆ 2155 6543 - tlj sf lun. 12h-15h, 19h-22h.* On ne peut rêver mieux situé sur le port de Mġarr : poissons et fruits de mer passent quasiment de la mer à l'assiette, préparés par les soins attentifs de Sammy, gardien d'une tradition maltaise vivante ici plus que jamais.

Rabat, Palazzo Castelletti, pizzeria RedWhite.

Prendre un verre

Vestiges du passage des Anglais, salons de thé et *pubs* sont présents dans les principales villes de Malte et de Gozo. À partir des années 1970, le développement du tourisme a entraîné l'ouverture de bars et de cafés branchés où écouter de la musique et siroter un verre.

Les adresses sélectionnées ci-dessous sont positionnées sur le plan détachable à l'intérieur de la couverture, ainsi que sur les plans de La Valette p. 17 et de La Valette alentours p. 30 ; elles sont repérables grâce à des pastilles numérotées (ex. 1).

LA VALETTE

Plan de ville p. 17

Ambiance conviviale et familiale pour les cafés du centre de La Valette. En revanche le long du **Waterfront**, les anciens entrepôts à marchandises hébergent une série de cafés et de bars. S'il reste toujours agréable d'y boire un verre en soirée, la plupart d'entre eux, se destinent plutôt à une clientèle de croisiéristes.

54 **Café Cordina** – **A B2** - *244/5 Republic Street - ✆ 2123 4385 - www.caffecordina.com - lun.-sam. 8h-19h, dim. 8h-15h.* Une enseigne historique qui depuis 1837 fait office de salon mondain : on y vient pour voir et pour être vu. Impressionnant intérieur à la voûte peinte et au comptoir en zinc, mais c'est en terrasse qu'il fait bon s'attarder.

55 **Palm Court Lounge** – **A2** - *Hôtel Phoenicia, The Mall, Floriana - ✆ 2122 5241 - tlj 9h30-19h30.* Un lieu envoûtant situé au cœur de l'hôtel Phoenicia. On aime s'y attarder aussi bien pour le café du matin, l'heure du thé ou l'apéritif du soir.

56 **Trabuxu** – **A2** - *1 Strait Street - ✆ 2122 3036 - tlj 12h-23h - fermé lun.* La traduction française de *trabuxu* est « tire-bouchon », un nom qui en dit long sur l'un des bars à vins les plus appréciés de la ville. Ambiance intimiste et feutrée également dans le petit bistrot de la même maison sur le trottoir d'en face.

57 **Angelica Café** – **B1** - *134 Archbishop Street - ✆ 2122 2777 - www.angelicamalta.com - tlj à partir de 11h.* Surtout ne commandez pas sans avoir consulté la carte et ses propositions originales, aussi fantaisistes que les humeurs de Mona qui assure à la fois la cuisine et le service. Nos préférences vont aux mets sucrés, à déguster accompagnés d'un verre de vin ou de thé glacé.

51 **San Paolo Naufrago** – **B2** - *11 St Lucia Street - ✆ 2701 3353 - tlj à partir de 11h.* Ce sympathique bar à vins rassemble aussi bien les vieux du quartier, la jeunesse arty-bobo et les mères de famille venues faire une pause entre copines. Salades bien fraîches, savoureux sandwichs et alléchants gâteaux complètent le décor. Une bonne adresse pour refaire le monde autour d'un (ou plusieurs) verre(s) de vin.

52 **Caffé Jubilee** – **A2** - *125 St Lucia Street - ✆ 2125 2332 - www.cafejubilee.com - tlj 8h-1h (w.-end 3h).* Aux heures chaudes de la journée ou lorsque la nuit se fait fraîche, on s'installe avec plaisir dans cette longue salle aux airs de pub irlandais, décorée d'affiches rétro. La carte décline les produits Jubilee Foods, au croisement entre cuisine italienne et inspiration anglaise, à base de produis maltais… *(Voir aussi « Shopping ».)*

53 **Charles Grech** – **B2** - *10 Republic Street - ✆ 2122 8848 - www.charlesgrech.com - lun. 8h-21h, mar.-jeu. 8h-23h, vend.-sam. 8h-1h.* Retraité de la Royal Navy, Charles Grech ouvrit en 1881 un commerce de tabac, cigares et vins fins, très prisé des officiers britanniques. Les années ont passé et l'établissement, admirablement situé sur Republic St., reste un endroit de choix pour siroter un café ou un whisky.

1 **Piadina Caffé** – **B2** - *24 St Lucia Street - ✆ 2122 5983 - http://piadinacaffe.com - lun.-vend. 8h-16h, sam. 8h-14h.* Il fait bon vivre auprès de Giada, pétulante propriétaire de ce minuscule café qui étale sa tout aussi minuscule terrasse sur les marches de la rue Ste-Lucie. Sa spécialité ? La *piadana*, bien sûr ! Cette invention d'Émilie-Romagne composée d'une galette de pain, repliée et garnie de toutes sortes de mélanges frais, est idéale pour un rapide en-cas.

LES TROIS CITÉS

Plan alentours p. 30

58 **Il-Forn** – **B3** - *27 Triq it-Tramuntana, Vittoriosa - ✆ 2182 0379 - tlj sf dim. 19h-1h.* Ce bar à vins artistique a fait des expositions d'art contemporain son principal attrait. Le choix parmi les 100 étiquettes de vins est largement à la hauteur de toutes les attentes.

60 **Caffé Boccaccio** – **B3** - *Triq Couvre Porte, Vittoriosa - fermé lun., sam. midi.* Un air de village flâne à la terrasse de ce café fréquenté par une clientèle d'habitués. On s'y arrête le temps d'un verre, d'un café ou d'un déjeuner léger.

AU NORD DE LA VALETTE

Plan alentours p. 30

Cette partie de l'île regorge de cafés et de bars…

61 **Hugo's Lounge** – **A1** - *St Rita's Steps, Paceville - ✆ 2138 2264 - www.hugosloungemalta.com - tlj 12h-1h.* Un restaurant-bar convivial qui propose une cuisine à base des indémodables sushis. Très fréquenté à l'heure de l'apéritif, Hugo's Lounge est un incontournable des soirées de Paceville.

62 **Caffé Juliani** – **A1** - *Hôtel Juliani - 12 St George's Road, St Julian's - ✆ 2138 8000 - tlj 7h-10h30, 12h-15h, 19h-23h.* Le café contemporain lumineux et branché de l'hôtel Juliani, est idéal pour un café ou un apéritif en contemplant Spinola Bay.

63 **Twentytwo** – **A1** - *Level 22, Portomaso Business Tower, St Julian's - ✆ 2310 2222 - tlj 8h30-23h30.* Au 22e étage du plus haut gratte-ciel de Malte, ce bar-lounge est l'un des endroits les plus branchés de l'archipel. On s'y rend pour ses cocktails et son dance-floor, mais surtout pour la vue

spectaculaire sur toute la baie de St Julian's et au delà.

64 **Caffé Portomaso** – **A1** - *Portomaso Marina, St Julian's - ✆ 2137 1238 - tlj 9h-23h.* Pour déjeuner, boire un verre ou déguster une pâtisserie, dans une ambiance décontractée et chaleureuse.

MDINA/RABAT

Plan détachable

69 **Fontanella Tea Gardens** – **E6** - *1 Bastion Street, Mdina - ✆ 2145 4264.* Un haut lieu de plaisirs gourmands. La vue depuis la terrasse sur les remparts est une des plus belles de l'île.

70 **Ciappetti Tea Gardens** – **E6** - *5 St Agatha Esplanade, Mdina - ✆ 2145 9987 - tlj 12h-15h, 19h-22h - fermé dim. soir et lun., 10 janv.-10 fév.* Une halte agréable entre les ruelles de la ville fortifiée, où boire un verre de *kinnie* ou grignoter un petit en-cas. Salles aux voûtes anciennes et patio fleuri.

68 **Palazzo de Piro** – **E6** - *3 Triq Is-Sur, Mdina - ✆ 2010 0560 - www.palazzodepiro.com - lun.-vend. 10h30-17h, sam.-dim. 10h30-19h.* Sur la cour-terrasse, abritée du vent, ou dans l'une des salles du palais, il fait bon s'arrêter pour prendre un café ou un thé. Véritable petit centre culturel, la maison propose aussi expositions, lectures et concerts, propices à la découverte de l'actualité artistique maltaise.

65 **Crystal Palace** – **E6** - *84 Triq San-Pawl, Rabat - ✆ 2145 3323.* C'est ici, derrière une façade très ordinaire, que se cache le repaire des meilleurs *pastizzi* de l'archipel, ces délicieux petits feuilletés salés que les Maltais adorent grignoter à l'apéritif ou en toute occasion festive. Ouvert tard dans la nuit, le Crystal Palace doit sans doute son nom au fait que les fêtards s'y donnent rendez-vous pour y boire un dernier verre aux premières lueurs du jour. Comptez 0,40 € pour un *pastizzi*.

66 **Dolceria Santa Lucia** – **E6** - *29 Main Street, Rabat - ✆ 2145 1852 - www.santaluciacafe.com - lun.-sam. 9h-18h, dim. 8h-13h.* Outre un alléchant comptoir garni de nougats, de *pastizzi* et autres gourmandises, la boutique compte quelques tables où faire une pause, au bord de la rue principale de Rabat.

67 **Toffee & co** – **E6** - *34 Triq Santu Wistin, Rabat - ✆ 2145 1996 - lun., merc. et jeu. 10h-21h, mar. 13h-21h, vend.-sam 9h-1h, dim. 9h-21h.* À l'écart dans une petite rue de Rabat, cette sympathique épicerie-café propose sandwichs et pâtisseries (à la décoration parfois très sophistiquée), à déguster en terrasse.

GOZO

Plan détachable

71 **Caffé Jubilee** – **B2** - *6 Library Street, Victoria - ✆ 2155 4248 - tlj 8h-23h.* Mariage entre un pub irlandais et une brasserie parisienne, un café à l'ambiance conviviale qui sert le meilleur *apple pie* de l'archipel.

72 **Gleaneagles Bar** – **C2** - *10 Triq il-Vittorja, Mġarr - ✆ 2155 6543.* On imaginerait volontiers Hemingway ici en train de boire une bière après une partie de pêche au gros. Ambiance marine et vue sur le port.

La Valette, San Paolo Naufrago.
I. Lainey / Michelin

illy
SAN PAOLO NAUFRAGO
WINE & SPIRITS
MAGNERS
MAGNERS
ERDINGER

Shopping

On trouve encore des produits authentiques et de qualité sur les marchés traditionnels, directement chez les producteurs ou auprès de certains artisans dont le travail fait preuve d'un savoir-faire incomparable. Pour les courses courantes, pas de grands supermarchés en centre-ville, mais des petites épiceries généralement assez bien fournies.
Les adresses sélectionnées ci-dessous sont positionnées sur le plan détachable à l'intérieur de la couverture, ainsi que sur les plans de La Valette p. 17 et de La Valette alentours p. 30; elles sont repérables grâce à des pastilles numérotées (ex. 1).

Les marchés

Plan de ville p. 17 et plan détachable
Presque toutes les villes et les villages possèdent leur marché.
Marché Il Montit – **B2** - *La Valette, City Gate - dim. 8h-12h30.* Ce marché aux puces, bien que réputé, est achalandé de marchandises probablement plus chinoises que maltaises. Quelques bonnes affaires.
Marché de Merchant's Street – **B1** - *La Valette, Merchant's Street - tlj 8h-15h.* Un des marchés les plus pittoresques même si la couleur locale est un peu limitée. Du CD aux serviettes de plage, on y trouve un peu tout.
Marché de Marsaxlokk – **G7** - *Triq il-Wilga - tlj 8h-15h.* Un marché caractéristique qui vaut le détour pour ses dentelles. Le dimanche, marché de poisson.
Marché it-Tokk – **B2** - *Victoria, Pjazza Independenza - tlj 8h-15h.* Petit marché où l'on trouve un peu de tout. Belles dentelles.

LA VALETTE

Plan de ville p. 17
Le shopping à La Valette est une expérience qui est loin d'être monotone. **Republic's Street** et **Merchants Street** sont les principales artères commerçantes où retrouver les grandes enseignes internationales.

Orfèvrerie

St Lucy's Street – **B2** - Les échoppes de bijoutiers se succèdent le long de la rue des orfèvres maltais. Travail en filigrane; prix selon tirage et carat.
4 **Pjazza Traders Ltd** – **B2** - *85 South Street - ✆ 2123 9255 - lun.-vend. 9h-13h, 16h-18h, sam. 9h-13h.* Cette boutique offre une gamme particulièrement variée de bijoux en argent filigrané.

Librairie

5 **Agenda's** – **AB2** - *26 Republic Street - ✆ 2123 3621 - lun.-sam. 8h30h-19h, dim. 9h-13h.* Sélection intéressante d'ouvrages sur Malte et littérature étrangère.

Art

3 **Galea's Art Gallery** – **A2** - *70 South Street - ✆ 2122 7455 - lun.-vend. 9h-13h, 16h-19h, sam. 9h-13h.* Dans la famille Galea, Edwin peint (principalement des marines) et

son frère les vend... Leur boutique propose les œuvres d'autres artistes et des reproductions, petits et moyens formats, aquarelles ou huile, de style classique principalement.

Gastronomie

6 **Les Halles** – **B1** - *Merchants Street - tlj 7h-14h.* Ce marché autrefois haut en couleurs n'est plus que l'ombre de lui-même. Sur les étals clairsemés, on trouve encore du miel, de l'huile d'olive, du fromage de brebis et de la charcuterie... Le bâtiment cependant garde sa splendeur Art déco. Des projets de rénovation seraient à l'étude.

1 **The Wembley Store** – **A2** - *305 Republic Street - ✆ 2122 5147 - lun.-vend. 7h15-19h, sam. 7h45-19h, dim. 10h-1h.* Tout le monde connaît sa devanture verte aux lettres dorées. Wembley propose une sélection de produits d'épicerie fine maltais, italiens et espagnols, ainsi que quelques produits frais.

2 **Camillieri & Sons** – **B2** - *49-51 Merchants Street - lun.-sam. 9h-19h.* Vous retrouverez à travers toute l'île cette enseigne, paradis des becs sucrés... Les amateurs apprécieront le large éventail de bonbons, caramels, biscuits et autres friandises, artisanales ou industrielles (comprenez : chimiques à souhait), parfois inédites et surtout délicieusement régressives.

AU NORD DE LA VALETTE

Plan alentours **p. 30**

Dans cette partie de Malte, les boutiques traditionnelles laissent la place aux grands *malls* (centres commerciaux). Un très grand centre commercial a ouvert ses portes à Tigne (Sliema) en 2010.

7 **Bay Street Complex** – **A1** - *Bay Street, St Julian's - ✆ 2138 4422 - www.baystreet.com.mt - tlj 10h-22h.* Trois étages de boutiques, bars et restaurants et même un espace de jeu-vidéo et un hôtel.

8 **Plaza Shopping Mall** – **A2** - *Niv. 8, Bisazza Street, Sliema - ✆ 2134 3832 - www.plaza-shopping.com.* Même principe qu'à Bay Street, mais dans une atmosphère plus détendue.

9 **Portomaso Shopping Complex** – **A1** - *Il-Knisja Road, St Julian's.* Au pied de la tour Hilton, pour un shopping davantage haut de gamme.

MDINA/RABAT

Plan détachable

Village d'artisans

12 **Ta'Qali Crafts Village** – **E6** - *Route du stade national - lun.-vend. 9h30-16h, sam. 9h30-12h30.* Dans un ancien aérodrome de la RAF aux portes de Mdina, un village artisanal touristique, mais où il est encore possible de voir travailler les artisans et où l'achat de souvenirs reste avantageux. Les bijoux en filigrane d'argent sont particulièrement originaux et élégants, les objets en verre aussi.

Céramique

13 **Marco Cremona Art Gallery** – **E6** - *13 Museum road, Rabat - ✆ 9946 3315 - sur rdv uniquement.* Voilà un souvenir dont vous ne risquez pas de retrouver la copie dans le bagage

de votre voisin d'avion ! Peintre et sculpteur, Marco Cremona (né en 1951) décore aussi la vaisselle des grands jours. Faisant la part belle aux aplats de couleurs vibrantes, ces toiles sur céramique rappellent un peu la palette d'un Nicolas de Staël. Bien sûr, la qualité a son prix : comptez env. 200 € pour un plat.

Gastronomie

14 Publius Cutajar Parruccan - **E6** - *Misraħ il-Parrocca, Rabat - ✆ 9946 3315 - tlj 9h-18h*. Difficile de passer sans s'arrêter devant cette minuscule vitrine-échoppe établie à l'ombre de l'église St-Paul : il y a là tout l'éventail des spécialités sucrées de l'archipel (nougats, *imqaret*, *pastini* et plus encore). Cerise sur le gâteau, Publius prodigue des conseils avec une extrême gentillesse.

LE CENTRE DE L'ÎLE

Plan détachable

Céramique

10 Ceramica Maltija - **F6** - *88 St Anthony Street, Attard - ✆ 2144 0976*. L'histoire de cet atelier de céramique remonte aux années 1930. C'est à Lady Strickland, épouse du Premier ministre, que l'on doit l'aménagement de la production dans l'une des ailes du palais familial de Villa Bologna. L'argile blanche importée d'Angleterre et les motifs finement dessinés caractérisent ces pièces de qualité.

LE SUD

Plan détachable

Vins

11 Marsovin, The Winery - **F6** - *Wills Street, Marsa - ✆ 2182 4918 - lun. et jeu. 9h-13h - dégustation jeu. 11h30 (90mn) - www.marsovin.com*. Marsovin, producteur depuis 1919, a affirmé sa renommée en proposant une grande variété de vins de cépage issus des vignobles de Marsaxlokk. La visite de leurs chais vous permettra d'apprécier leur savoir-faire et de goûter à des vins de qualité. Nous vous conseillons notamment le Cheval Franc, un très bon vin rouge qui ressemble au chinon et le Marnisi qui porte le nom du vignoble maltais d'où il est issu et que l'on peut associer aux vins de Bordeaux.

22 Meridiana Wine Estate - **E6** - *Ta'Qali - ✆ 2141 3550 - lun.-sam. 9h-16h, dim. 10h-12h - visite et dégustation sur réservation 11 €/pers. - www.meridiana.com.mt*. Depuis 1987, Mark Miceli-Farrugia s'emploie à produire des vins de qualité dans le respect de la meilleure tradition viticole. Chardonnay, cabernet-sauvignon, merlot, syrah et petit verdot poussent sur un domaine de 19 ha aux portes de Mdina.

GOZO

Plan détachable

Les dentellières de Gozo sont célèbres pour la finesse de leur travail, tandis que les petites boutiques de Victoria proposent un choix intéressant de produits gastronomiques. À Għarb,

Rabat, Parruccan.
I. Lainey / Michelin

PARRUĊĊAN
CONFECTIONERY
Traditional Maltese Cakes & Nougat

c'est la tradition du verre soufflé qui s'est perpétuée à travers les générations.

Village d'artisans

15 Ta'Dbiegi Crafts Village - **A2** - *À l'entrée de San Lawrenz - lun.-sam. 9h-17h - fermé dim., j. fériés.* Plus petit que celui de Ta'Qali, ce centre artisanal privilégie la dentelle et la verrerie. Le spectacle des souffleurs de verre au travail est remarquable (*lun.-vend. jusqu'à 15h*).

Dentelle

17 Bastion Lace - **B2** - *Bieb l-Imdina Street, Citadel, Victoria - ✆ 5614 71.* Une production de grande qualité, entièrement exécutée au fuseau.

Gastronomie

18 Jubilee Foods - **B2** - *Independance Square, Victoria - ✆ 2155 8921 - www.jubileefoods.net - lun.-sam. 9h-19h, dim. 9h-16h.* Une enseigne aux tons british, mais dont les produits sont rigoureusement maltais. Confitures, miel, huile d'olive, nougats et pâtisseries diverses.

20 Ta'Mena Estate - **B1** - *Rabat Road, Xaghra - ✆ 2156 4939 - www.tamena-gozo.com - lun.-sam. 9h30 - 18h30 (17h en hiver) - accès par bus n° 310.* Cette belle propriété agricole est une halte idéale pour remplir son panier de spécialités locales 100 % naturelles comme le miel, le sirop de caroube, les tomates séchées, le fromage de chèvre et plusieurs liqueurs.

21 Xwejni Salt - **B1** - *Ghajn Mhelhel Street, Żebbug - ✆ 2156 1184 ou 9927 6948 - horaires variables.* Le long des salines de la baie de Xwejni, ce petit marchand a fait d'une cavité rocheuse son entrepôt à sel. Vendu en petits sachets, toute la saveur de la mer y est préservée.

Divers

19 Organika - **B2** - *St George's Square, Victoria - ✆ 2701 5548 - www.organika.com - lun.-sam. 10h-18h.* Une boutique rigoureusement *green* : produits bios et issus du commerce équitable, mais aussi créations artisanales de bijoux et de vêtements.

16 Prickly Pear - **B2** - *86 Triq San Gorg, Victoria - ✆ 992 641 50 - www.pricklypeargozo.com* À deux pas de la basilique St-Georges, Rachel Robinson propose une sélection d'ouvrages réalisés par des artisans de Gozo : beaucoup de bijoux en argent, certains minimalistes, d'autres très exubérants, des cosmétiques, des peintures et une petite sélection de musique maltaise « vintage ».

Sortir

La capitale des noctambules est Paceville, quartier de St Julian's. Elle déborde de restaurants, de bars et de boîtes de nuit qui attirent les DJ de toute l'Europe. La moyenne d'âge reste tout de même assez jeune. Le public moins fêtard pourra profiter d'une offre culturelle riche et variée tout au long de l'année.

voir Agenda culturel p. 106.

Les adresses sélectionnées sont positionnées sur le plan détachable à l'intérieur de la couverture, ainsi que sur les plans de La Valette p. 17 et de La Valette alentours p. 30 ; elles sont repérables grâce à des pastilles numérotées (ex. 1).

LA VALETTE

***Plan de ville* p. 17**

Les nuits de la capitale sont plutôt « intellos » que « clubbeuses ».

1 **Manoel Theatre** – ***A1*** - *115 Old Theater Street* - *2124 6389* - *info@teatrumanoel.com.mt* - *www.teatrumanoel.com.mt*. Ce petit bijou construit en 1731 (*voir photo ci-dessous*), présente régulièrement ballets, opéras, concerts et pièces de théâtre en maltais et en anglais.

80 **St James Cavalier – Centre for Creativity** - ***B2*** - *Castille Place* - *2122 3200* - *www.sjcav.org*. Situé dans le cadre évocateur de l'un des

M. Ansaloni / hemis.fr

La Valette, théâtre Manoel.

bastions des anciens remparts, ce centre polyvalent fait à la fois office de cinéma, de salle de théâtre et de centre culturel.

LES TROIS CITÉS

Plan alentours p. 30

81 **Casino di Venezia** - ***B3*** - *Captain's Palace - The Waterfront, Vittoriosa - ☏ 2180 5580 - www.casinodivenezia.com.mt - lun.-jeu. 14h-2h, vend.-dim. 14h-4h.* Le célèbre casino de Venise s'exporte à Vittoriosa au sein d'un prestigieux palais du 17e s. Contrôle d'identité à l'entrée.

AU NORD DE LA VALETTE

Plan alentours p. 30

La folle vie nocturne se passe ici. À St Julian's, les soirées se prolongent fort tard.

82 **Dragonara Casino** - ***A1*** - *Dragonara Road, St Julian's - ☏ 2138 2362 - lun.-jeu. 10h-3h, vend.-dim. 24h/24 - www.dragonara.com.* Dans le complexe du Dragonara Hôtel, le plus ancien casino de Malte (1870) attire une clientèle plus âgée et plus fortunée. Contrôle d'identité à l'entrée.

83 **Eden Leisure** - ***A1*** - *Eden Place, St George's Place, St Julian's - ☏ 2371 0400 - www.edencinemas.com.mt.* Cinq salles de cinéma modernes. À l'affiche, les dernières nouveautés en V.O. sous-titrée.

84 **Eden Super Bowl** - ***A1*** - *Eden Place, St George's Bay - ☏ 2371 0777 - www.edensuperbowl.com.* Un bowling qui passe parmi les attractions nocturnes à grand succès à St Julian's.

85 **Juul's Café Bar** - ***A1*** - *7 St Joseph's Street, St Julian's - ☏ 9989 8444.* Toujours très fréquenté, ambiance conviviale et concerts de reggae à deux pas de Spinola Bay.

LE NORD

Plan détachable

86 **Empire Cinema Complex** - ***E4*** - *Pionneer Road, Buġibba - ☏ 2158 1787 - www.empirecinema.com.mt.* Grand cinéma aux séances en 3D.

Se loger

Avant de choisir votre logement, sachez qu'en raison des dimensions de l'archipel, les sites sont tous accessibles en moins d'une heure de route. Quelle que soit l'adresse où vous logerez, vous pourrez facilement rayonner sur l'île principale. Pour vous rendre à Gozo, ajoutez une demi-heure de traversée et un quart d'heure de route.

Le choix de vos activités peut cependant être un critère supplémentaire : amateurs d'histoire et de culture, installez-vous de préférence à La Valette ou dans les Trois Cités; si la proximité de la plage, les occasions de shopping et l'animation nocturne vous sont un réconfort, vous trouverez votre bonheur du côté de Sliema et Paceville; enfin, si vous avez soif de repos et de nature, vous apprécierez certainement l'atmosphère de Gozo.

À Malte, l'offre hôtelière de l'île principale est importante mais d'intérêt inégal. À côté d'immeubles impersonnels destinés à un tourisme de masse, particulièrement nombreux sur la côte nord de l'île principale, se détachent quelques hôtels 4 ou 5 étoiles particulièrement bien placés en bord de mer.

Ces dernières années s'est en outre développée à La Valette une offre plus luxueuse, plus pointue et plus confidentielle, composée de boutiques-hôtels et de chambres d'hôtes. Affichant souvent le même raffinement, les mêmes services et le même confort qu'un hôtel traditionnel, ces adresses présentent aussi l'atout d'un emplacement et d'un cadre privilégiés.

À Gozo, la situation est assez différente. Dans cette petite île qui n'a jamais attiré un tourisme de masse de longue durée, la préférence a été à l'aménagement de bâtiments discrets de petite taille, souvent dans le cadre d'anciennes fermes (*farm-houses*) rénovées avec goût.

Dernièrement à Malte comme à Gozo, la location d'appartements gagne du terrain.

Malte et Gozo sont essentiellement des destinations estivales qui atteignent leur plus haut niveau de fréquentation entre juin et septembre. Les prix sont donc susceptibles de varier entre la haute et la basse saison dans toutes les catégories. Nous vous indiquons dans ce guide la fourchette de prix correspondant aux tarifs atteints en haute saison. Un annuaire des différentes typologies d'hébergement est disponible sur le site de l'office du tourisme de Malte www.visitmalta.com.

Les adresses sélectionnées ci-dessous sont positionnées sur le plan détachable à l'intérieur de la couverture, ainsi que sur les plans de La Valette p. 17 et de La Valette alentours p. 30; elles sont repérables grâce à des pastilles numérotées (ex. 1).

LA VALETTE

***Plan de ville** p. 17*

Les solutions d'hébergement ne sont pas nombreuses dans la capitale maltaise. Un peu plus chères qu'ailleurs, les adresses que nous vous proposons ont cependant l'avantage d'être particulièrement bien situées. En logeant sur place, on découvre La Valette sous un jour moins touristique que lors d'un bref passage.

Moins de 80 €

5 **Manoel Theatre Apartments** – *A1 - 115 Old Theatre Street - 2124 6389 - www.teatrumanoel.com.mt - 3 appart. - self-catering.* Restaurés par la direction du théâtre Manoel, trois petits appartements (2-4 pers.) simples et fonctionnels, en plein cœur de la ville. Cuisine équipée, linge fourni, gaz et électricité selon consommation.

De 80 à 125 €

1 **Palazzo San Pawl** – *B2 - 318 Triq San Pawl - 9942 3110 - www.livinginvalletta.com - 4 appart. - self-catering.* Une maison bourgeoise typiquement maltaise où les quatre petits appartements aménagés avec goût donnent sur une rue tranquille et sur un joli patio ombragé.

2 **Valletta Suites** – *A2 - 2 St Patrick's Street - 7948 8047 - www.vallettasuites.com - - 3 appart. - self-catering.* Le mélange fascinant entre le style baroque maltais et le design contemporain, donne un charme incontesté à ces appartements romantiques parfaitement équipés.

3 **Hôtel Osborne** – *A2 - 50 South Street - 2123 2127/8 - www.osbornehotel.com - - - 60 ch.* Cet hôtel confortable situé à quelques pas des remparts est le point de départ idéal pour découvrir la ville et le reste de l'île. La terrasse sur le toit avec une minuscule piscine, ainsi qu'un bar et un restaurant contribuent à rendre le séjour agréable.

Plus de 125 €

4 **Hôtel Phoenicia** – *A2 - The Mall, Floriana - 2122 5241 - www.phoeniciamalta.com - - - 128 ch.* À la sortie de La Valette, entouré d'un parc de 7,5 ha, celui qui a été le premier hôtel de luxe à Malte dans les années 1930 n'a rien perdu du charme et de l'élégance de ses origines.

17 **Palazzo Prince d'Orange** – *316 Triq San Pawl - B2 - www.palazzoprincemalta.com - - 3 appart. - self-catering.* Il y a une certaine ironie de la part des propriétaires néerlandais à avoir introduit le protestant Guillaume d'Orange au sein de la très catholique cité des Chevaliers..., mais la manière dont ils ont restauré et aménagé ce palais du 17e s. en trois suites (dont un splendide duplex) est une indéniable réussite. Entre fidélité à l'ancien, art contemporain et confort moderne, le charme agit.

AU NORD DE LA VALETTE

***Plan alentours** p. 30*

Bien que très bétonné, le nord de La Valette réserve néanmoins quelques bonnes surprises en matière d'hébergement.

Gozo, Kempinski Hôtel San Lawrenz.

Moins de 80 €

5 **Hôtel Valentina** - **A1** - *Dobbie Street, Paceville - St Julian's - ✆ 2138 2232 - www.hotelvalentina.com* - ▤ - *98 ch.* Suite à d'importants travaux de rénovation, cet hôtel situé dans une rue tranquille du quartier animé de Paceville, offre des chambres encore plus confortables. Le décor reste pour autant toujours aussi contemporain et original.

De 80 à 125 €

6 **Hôtel Cavalieri** - **A1** - *Spinola Road, St Julian's - ✆ 2380 0000 - www.cavalierihotel.com.mt* - ▤ - 🏊 - *229 ch.* Une position extraordinaire à la pointe de St Julian's Bay et un excellent rapport qualité-prix, font de ce 4 étoiles une bonne adresse, adaptée aussi bien à une clientèle d'affaires qu'aux familles.

Plus de 125 €

7 **Hôtel Juliani** - **A1** - *12 St George's Road, St Julian's - ✆ 2138 8000 - www.hoteljuliani.com* - ▤ - 🏊 - *44 ch.* Surplombant la baie romantique de Spinola, cet hôtel au charme contemporain réserve un accueil tout confort.

MDINA ET RABAT

Plan détachable

Plus de 125 €

8 **Xara Palace** - **E6** - *Misraħ il-Kunsil l - ✆ 2145 0560 - www.xarapalace.com.mt* - ▤ - 🏊 - *10 ch. - 7 suites.* L'élégance d'un palais du 17e s. au cœur de Mdina, un décor raffiné de style provençal et deux restaurants de qualité, font de ce Relais & Châteaux un des plus beaux établissements de l'île.

LE CENTRE DE L'ÎLE

Plan détachable

Plus de 125 €

14 **Corinthia Palace Hotel & Spa** - **F6** - *De Paule Avenue, San Anton - ✆ 2144 0301 - www.corinthiahotel.com* - 🏊 - *147 ch. - 8 suites.* À deux pas des San Anton Gardens, un des premiers hôtels de Malte, propriété de Maltais. Cadre luxueux, calme et agréable. Spa et plusieurs restaurants.

LE NORD

Plan détachable

Pris d'assaut par les touristes (et par les Maltais) à la recherche de plages de sable, le coin reste néanmoins le plus indiqué pour les familles avec enfants.

Moins de 80 €

15 **Pergola Club Hôtel** - **D4** - *Adenau Street, Mellieħa - ✆ 2152 3912/3 - www.pergolahotel.com.mt* - ▤ - 🏊 - *36 ch.* Une structure classique qui mériterait peut-être d'être rafraîchie, mais qui reste une solution confortable à des prix raisonnables. Au choix : chambres, studios ou appartements (2-4 pers.). Les plus agréables donnent sur l'église et la baie de Mellieħa.

De 80 à 125 €

9 **Ramla Bay Resort & Spa** - **D3** - *Triq Ir-Ramla tal-Bir, Marfa - ✆ 2281 2281 - fax 2281 2282 -*

www.ramlabayresort.com - - - *190 ch.* Ambiance accueillante et familiale dans cet établissement proche de l'embarcadère pour Gozo et Comino. Avec une plage privée, deux piscines, une salle de jeux et un centre de bien-être, le Ramla Bay est idéal pour se détendre loin de l'agitation des stations balnéaires des baies de St-Paul et de Mellieħa.

GOZO

Plan détachable

Louer une farm-house

Une excellente manière de profiter de l'ambiance authentique gozitaine est celle de louer une *farm-house,* allant de l'ancienne ferme restaurée à la villa de campagne de construction récente. La plupart d'entre elles se trouvent à proximité des villages et disposent d'une piscine. Des arrhes à la location et une caution vous seront généralement demandées.

www.gozofarmhouses.com
www.islandofgozo.org

Moins de 80 €

10 **Dar Ta'Zeppi** - **C2** - *28-April-1688 Street, Qala* - *2155 5051* - *www.dartazeppi.com* - - *3 ch.* Les propriétaires anglais de cette jolie maison du centre de Qala, ont su créer une atmosphère paisible et conviviale. Deux chambres disposent d'un petit salon et d'une kitchenette. Possibilité de dîner ou de participer au barbecue dans le jardin, sous réservation préalable.

11 **Grand Hôtel Mġarr** - **C2** - *St Anthony Street* - *2156 3840* - *www.grandhotelmalta.com* - - - *93 ch.* Dominant le port de Mġarr, cet hôtel bénéficie d'une très belle vue sur la baie. Les chambres spacieuses avec terrasse donnent sur la mer et sur l'arrière-pays.

Plus de 125 €

12 **Kempinski Hôtel San Lawrenz** - **A1** - *Triq ir-Rokon, San Lawrenz* - *2211 0000* - *www.kempinski-gozo.com* - - - *74 ch.* - *48 suites.* Tranquillité et luxe dans l'un des plus beaux hôtels de l'archipel. L'endroit ne présente pas le charme de l'ancien, mais le spa est à juste titre réputé pour ses soins. Trois restaurants, d'excellente qualité, achèvent de faire du lieu une thébaïde, que vous aurez peine à quitter pour aller visiter l'île. Dernier atout : le buffet du petit déjeuner est exceptionnel !

13 **Ta'Cenc & Spa** - **B2** - *Cenc Street, Sannat* - *2219 1000* - *www.tacenchotel.com* - - - *83 ch.* Pour un séjour de rêves dans de luxueux bungalows en pierre au milieu d'un parc paysager, avec crique privée pour les amateurs de baignades. Service irréprochable.

16 **Thirtyseven** - **B2** - *37 Munxar Road, Munxar* - *2720 0069* - *www.thirtysevengozo.com* - - - *4 ch.* Discrète et incroyablement séduisante, cette ancienne ferme transformée en *home hotel* a tout pour séduire. Patricia et Giuseppe reçoivent leurs hôtes comme des princes, avec une touche de savoir-vivre qui rend inoubliable un séjour chez eux.

Malte pratique

Préparez votre voyage

Votre séjour de A à Z

Agenda culturel

La Valette, Grand Harbour.
SIME / Sime/Photononstop

Préparez votre voyage

FORMALITÉS D'ENTRÉE

En tant que citoyen de l'Union européenne, résident suisse ou canadien, un passeport ou une carte d'identité en cours de validité suffisent. Ni visa ni vaccinations ne sont nécessaires.

SE RENDRE À MALTE : AVION

Les liaisons France-Malte sont desservies par **Air Malta.** La compagnie assure quotidiennement des vols directs depuis Paris ; le jeudi et le dimanche, depuis Lyon, Marseille, Bruxelles, Zurich et Genève. Compter environ 200 € pour un aller/retour.
Un vol charter sur **Euroairpost** est mis en place d'avril à octobre par des tours opérateurs, le principal étant **Top of Travel**.
Ryanair opère des vols au départ de Marseille le lundi de mars à octobre.
Air France relie Malte à Toulouse une fois par semaine d'avril à octobre.
Transavia assure des liaisons au moins une fois par semaine depuis Nantes et Paris, d'avril à octobre.
Tous les samedis un vol **Air Berlin** vers Malte part de l'aéroport de Bâle-Mulhouse. **Alitalia** et **Lufthansa** opèrent toute l'année en correspondance avec leurs hubs de Francfort, Milan et Rome.
Air Malta : Luqa Airport, ✆ 2169 0890 ou ✆ 2122 9990, et Air Malta Office, 66 bis av. Jean Moulin, 75014 Paris ✆ 0826 102223 (0,15 € mn) - www.airmalta.com.
Top of Travel : 4, place Felix Eboué, 75583 Paris Cedex 12, ✆ 01 53 44 14 00 - www.topoftravel.fr.
Ryanair : www.ryanair.com.
Alitalia : Aéroport Roissy-Charles De Gaulle, terminal 2F, ✆ 0820 315 315 - www.alitalia.com.
Lufthansa : Aéroport Roissy-Charles De Gaulle, ✆ 0802 020 030 - www.lufthansa.com.
Air Berlin : ✆ 0826 96 73 78 - www.airberlin.com.

SE RENDRE À MALTE : BATEAU

Liaisons Italie-Malte

Les catamarans de la **Virtu Ferries** assurent la liaison A/R la plus rapide entre Malte et la Sicile (passagers et véhicules). Au départ des ports de Pozzallo (traversée 90mn) et de Catane (traversée 3h), le service est garanti tout au long de l'année, tous les jours entre juin et septembre, 5 jours par semaine entre novembre et avril. Informations et réservations : Virtu Passenger Terminal, Xatt il-Ghassara tal-Gheneb, Marsa, ✆ 212 32 522 (ouvert 2h avant le départ), Catane ✆ (00 39) 095 703 12 11, Pozzallo ✆ (00 39) 0932 79 96 68, www.virtuferries.com.
En France les réservations peuvent s'effectuer par Internet ou par agence. Un opérateur est spécialisé, **Euromer :** 5/7 quai des Sauvages,

34078 Montpellier, ✆ 04 67 65 67 30 - www.euromer.com.

Liaisons Malte-Gozo et Comino

(voir Visiter p. 55 et 63).

ARGENT

Depuis le 1er janvier 2008, Malte a abondonné la livre maltaise pour adopter l'**euro**.

SAISONS ET CLIMAT

Le climat de Malte étant typiquement méditerranéen, les étés y sont très chauds et les hivers assez doux. Entre octobre et mars, le soleil brille en moyenne 6h par jour et la température ne descend guère en dessous de 14 °C. En juillet et en août, la chaleur dépasse souvent 30 °C à 35 °C, mais elle est rendue plus supportable par une agréable brise marine. Le *sirocco*, au contraire, apporte parfois l'air brûlant du Sahara. En général le mois d'octobre est le plus arrosé avec quelque 120 mm de précipitations ; il faut aussi se munir d'un parapluie entre septembre et fin mars, bien que les averses soient de courte durée et que le ciel retrouve rapidement son bleu d'azur caractéristique.
Les périodes les plus agréables pour séjourner dans l'archipel sont les mois de **mai, juin** et **début septembre**.

POUR EN SAVOIR PLUS

Avant de partir

Vous pouvez obtenir un certain nombre de renseignements pratiques auprès de l'office national du tourisme de Malte :
Paris – Pour tous renseignements depuis la France, consultez la version française du site Internet www.visitemalte.com, ou contactez le bureau central par email info@visitemalte.com.
Belgique – Contour Consult bvba - Square Vergote 14 - B-1200 Bruxelles - ✆ (0032) 27 34 86 66.
Suisse – Fremdenverkehrsamt Malta - 2-723, Terminal 2 - Postfach 2131 CH.-8060 Zürich-Flughafen - ✆ (0041) 43 816 30 15.

À Malte

L'office du tourisme met à la disposition des visiteurs des plans géographiques et des cartes thématiques qui faciliteront l'organisation du séjour.
À La Valette, les bureaux de la **Malta Tourism Authority** sont situés Auberge d'Italie, 229 Merchants Street - **B2 sur plan p. 17** - ✆ 2291 5000 - www.visitmalta.com.
Vous pouvez aussi contacter les différents bureaux sur l'île :
Malta International Airport – ✆ 2369 6073/4.
Vittoriosa – Main Gate Street - ✆ 2182 7006.
Mellieħa – Misraħ iz-Zjara tal-Papa Gwanni Pawlu II - 26 ta'Mejju 1990 - ✆ 2152 4666.
Mdina – Pjazza San Publiju - ✆ 2145 4480.
Valletta Cruise Port – Ouv. en fonction de l'arrivée des bateaux de croisière - ✆ 2122 0633.
Gozo – 17 Independence Square, Victoria - ✆ 2291 5452/3.

Votre séjour de A à Z

ACCÈS INTERNET

Le réseau Internet maltais est un des plus performants en Europe. La plupart des hôtels mettent à la disposition des clients au moins un ordinateur avec connexion payante. Un grand nombre d'établissements (restaurants, cafés, bars...) disposent d'une aire wi-fi gratuite, mais vous n'aurez aucun mal à repérer des cafés Internet présents dans tous les principaux centres de l'archipel. Si vous voyagez avec votre ordinateur personnel, de plus en plus de places et de rues principales se targuent du label « wi-fi zone ».

AMBASSADES ET CONSULATS

France
Ambassade - 130, Melita Street, La Valette, VLT 1123 - ✆ 2248 0600.

Pas de panique !
Urgences Malte : ✆ 112
Police : ✆ 112
Ambulance : ✆ 112
Pompiers : ✆ 112
Hôpital Malte : ✆ 2545 4182
Hôpital Gozo : ✆ 2156 1600
Renseignement : ✆ 1182
Objets trouvés : ✆ 2122 4781
Perte cartes bancaires :
Amex : ✆ 800 914 912
Eurocard et Visa : ✆ 800 819 814
Master Card : ✆ 800 870 866

Belgique
Ambassade - Europa Centre 8/9, John Lopez Street, Floriana, FRN 1400 - ✆ 2122 8214.
Suisse
Consulat - 7, Zachary Street, La Valette - ✆ 2124 4159.
Canada
Consulat - Demajo House - 103, Archbishop Street, La Valette - ✆ 2552 0000.

ARGENT ET CARTES DE CRÉDIT

Malte appartient à la zone Euro.
La plupart des boutiques, restaurants et hôtels (mais pas toutes les stations-service) acceptent généralement les cartes de crédit, chèques de voyage et Eurochèques. En outre, de nombreux distributeurs automatiques vous permettent de retirer directement de l'argent.
Les voyageurs non-européens peuvent changer de l'argent le matin lorsque les banques sont ouvertes (parfois également l'après-midi, pour celles qui ont un bureau de change). Le bureau de change de l'aéroport est ouvert 24h/24. Les taux de change sont variables. Il vaut mieux éviter de payer l'hôtel en chèques de voyage car le taux de change y est plus élevé que dans les bureaux spécialisés.

BIEN-ÊTRE ET SPA

La plupart des hôtels cinq étoiles à Malte et à Gozo disposent de centres de Spa et de fitness. Avec des équipements à la pointe de la technologie et un personnel très qualifié, ils proposent des programmes sur mesure allant des soins de beauté pour le corps, aux entraînements fitness et à la physiothérapie. Parmi les plus performants, le centre bien-être de l'hôtel Kempinski San Lawrenz à Gozo, réputé en particulier pour ses traitements ayuverdiques (✆ 2211 5800 - www.kempinski-gozo.com).

ÉLECTRICITÉ

La tension est de 240 V et les prises sont à 3 branches comme en Grande-Bretagne, ce qui rend nécessaire l'usage d'un adaptateur.

HORAIRES

La plupart des magasins sont ouverts de 9h à 13h, puis après la sieste de 16h à 19h, du lundi au samedi. En haute saison, ils font souvent horaire continu et restent ouverts plus tard le soir ainsi que le dimanche.
Les banques sont généralement ouvertes de 8h30 à 12h30, du lundi au vendredi (parfois jusqu'à 14h) et jusqu'à midi le samedi; fermeture dimanche et jours fériés. De juin à septembre l'ouverture est anticipée à 8h.

Voir aussi Pharmacies, Postes, p. 98-99.

JOURS FÉRIÉS

La religion catholique omniprésente à Malte rythme la vie toute l'année.

1er janvier : Jour de l'an.
10 février : St Paul's Shipwreck (naufrage de saint Paul).
19 mars : Fête de St-Joseph.
31 mars : Freedom Day (fête de la Liberté).
Date variable : Vendredi saint.
1er Mai : Workers'Day (fête du Travail).
7 juin : Sette Giugno (commémoration du 7 juin 1919).
29 juin : Fête de St-Pierre et St-Paul.
15 août : Assomption.
8 septembre : Fête de N.-D. des Victoires.
21 septembre : Independence Day (fête de l'Indépendance).
8 décembre : Immaculée Conception.
13 décembre : Republic Day (fête de la proclamation de la République).
25 décembre : Noël.

LOCATION DE VOITURE

Un réseau de bus très développé permet de se passer facilement d'une voiture sur Malte. En revanche, il est fortement recommandé de louer un véhicule à Gozo. En effet les sites et les différents établissements y sont plus isolés et difficiles à atteindre par les transports en commun.

Loueurs

Les principales sociétés de location de voiture sont établies à l'aéroport ainsi que dans les stations touristiques. Pour Gozo les loueurs de voiture se trouvent à la sortie du débarcadère des ferries sur le port de Mġarr. Les tarifs sont très bon marché. Les accidents étant fréquents, il vaut mieux choisir la formule prime-collision sans franchise.

Lorsque vous effectuez la réservation de votre voyage, vous pouvez en même temps contracter un forfait Air Malta Fly & Drive comprenant assurance et kilométrage illimité *(www.airmalta.com)*.
Les petites agences locales sont généralement très compétitives mais vous devrez attendre d'être sur place (une bonne adresse à Gozo : *Frank's Garage - ✆ 2155 6814 - www.franksgarageltd.com*). Les tarifs varient selon la saison, la durée de la location et le modèle de voiture.
Les conducteurs doivent avoir au minimum 21 ans et au maximum 70 ans, et posséder un permis datant d'au moins 2 ans. Un supplément journalier peut être requis pour les jeunes conducteurs entre 21 et 25 ans.

Si vous ne payez pas avec une carte de crédit, on vous demandera une caution importante en espèces.

Conduire à Malte

Il faut **rouler à gauche** et laisser la priorité aux véhicules venant à droite, même si certains conducteurs ignorent totalement cette règle. Comme en Grande-Bretagne, les feux passent du rouge à l'orange puis au vert. Attention à la conduite par temps de pluie, certaines zones peuvent devenir impraticables *(se renseigner avant de partir)*. Attention également aux bus et aux camions.
Conduire à Malte est intéressant, même si l'on se perd ; l'île est assez petite pour toujours retrouver sa destination.
Les **stations-service** sont ouvertes généralement de 7h à 19h (et pendant les jours fériés en alternance - vérifier dans un journal local). Le dimanche, self-service jusqu'à 22h. Les plus petites stations n'acceptent pas les cartes de crédit (billets de 5 €, 10 € et 20 €). Pendant les jours fériés, les stations ne fonctionnent souvent qu'avec des automates qui n'acceptent que les billets.
Compte tenu de la taille de l'île, il n'y a pas d'autoroutes et les routes sont plus ou moins carossables, surtout dans la campagne.
Les **limitations de vitesse** sont de 80 km/h sur grande route, et 50 km/h dans les agglomérations (contrôles radars). Le taux d'alcool dans le sang autorisé par la loi est de 0,08 %.

Accidents et pannes

En cas d'accident, échangez avec l'autre partie les renseignements nécessaires, mais ne déplacez en aucun cas le véhicule, même s'il gêne la circulation, pour ne pas affecter votre déclaration d'assurance. Si vous conduisez une voiture de location, prévenez immédiatement l'agence, de même qu'en cas de panne.
Pas de panique p. 94.

Stationnement

Le stationnement est pratiquement impossible dans les rues, et il vaut mieux utiliser les parkings officiels.
Il vous faut prendre certaines précautions pour éviter les vols : videz complètement la voiture et faites comme les habitants, laissez les vitres baissées si vous vous arrêtez près des plages.
Si un gardien se propose de vous aider à vous garer et de surveiller

votre véhicule, il est d'usage de lui donner un petit pourboire (0,70 € suffit généralement). Dans certaines zones de Malte et de Gozo le temps de parking est limité.

LOISIRS

Plages

Les eaux cristallines de Malte et de ses îles sont parmi les principaux attraits de l'archipel. Les plages de sable fin ne sont pas nombreuses et se situent plutôt vers le nord-ouest de l'île et à Gozo. En général le littoral est rocheux, plus escarpé au sud et plus plat au nord et à l'est. Les eaux sont propres et sécurisées, idéales pour la natation.

Location de bateau

Pour profiter des eaux bleues de l'archipel en toute tranquillité, rien de mieux que de louer un bateau privé à la journée.

BoatlinkMalta – Msida Marina - ☏ 9988 2615 - www.boatlinkmalta.com.

Xlendi Cruises – 18 Bakery Street, Marsalforn, Gozo - ☏ 9947 8119 - www.xlendicruises.com - 75 €/1/2 j, 110 €/1 j tarifs hors carburant - permis bateau requis pour plus de 4 passagers.

Spectacles

Les divers spectacles audiovisuels qui retracent de manière très réaliste l'histoire de Malte, sont une bonne façon d'approcher l'île et son histoire pour la première fois. Essayez **The Malta Experience** et **Knights Hospitaliers** à La Valette *(voir Visiter p. 26)*, et **The Mdina Experience** et **The Knights of Malta** à Mdina *(voir Visiter p. 46)* et **Gozo 360 °C** à Gozo *(voir Visiter p. 58)*. Un temps déplacé dans les fortifications de Vittoriosa le spectacle à thème historique **In Guardia!** reprendra en principe au Fort St Elmo en 2015 *(voir Visiter p. 26)*.

Vérifiez les dates des défilés auprès du Malta Tourism Authority.

Culturellement très actifs, les théâtres de l'archipel affichent chaque saison une riche programmation. Dans la capitale le **Théâtre Manoel** rassemble depuis longtemps les amateurs de musique baroque et de pièces classiques *(www.teatrumanoel.com.mt)*. Donnant largement sur la rue, le **théâtre à ciel ouvert** conçu par Renzo Piano propose une programmation éclectique. À Gozo, les théâtres **Astra** et **Aurora,** au centre de Victoria, sont très réputés pour leurs représentations lyriques *(www.gozoculture.com)*. Une fois par an, toute la ville vit au rythme de ces spectacles qui mobilisent une bonne partie de la population et font l'objet d'une émulation féroce.

Enfants

Les Maltais accueillent très chaleureusement les familles avec enfants. Plusieurs parcs d'attractions divertiront les plus petits. Assuré de faire l'unanimité, l'aquacentre **Splash and Fun Water Park** (ouvert seulement en été) à environ 10 km au nord de La Valette sur la route de bord de mer de St Paul's Bay, à Bahar-Ic-Caghaq (www.splashandfun.

com.mt) propose des toboggans et plusieurs bassins. Le parc marin **Mediterraneo Marine World** lui est adjacent. Spectacles de dauphins et de phoques, oiseaux de mer et aquarium en plein air (ouvert tous les jours, toute l'année).
Aux yeux des enfants, les sites qui remportent le plus de succès restent le **Popeye Village**, décor du film *Popeye* (1980), ensuite transformé en parc d'attractions, à Mellieħa Bay (www.popeyemalta.com) et le **Playmobil Village** à Birżebuġa (www.playmobilmalta.com) qui met à l'honneur les célèbres figurines colorées.
Enfin, gardez l'œil ouvert pour ne pas manquer les affiches prévenant des célébrations locales, telles les *festas* *(voir p. 106)*, ou de la venue des cirques italiens.

MISE EN GARDE

L'archipel n'est guère touché par la délinquance. Il convient tout de même de prendre certaines précautions. Fermez toujours à clef votre voiture et n'y laissez pas d'objets de valeur. Évitez également de porter sur vous de grosses sommes d'argent, utilisez des ceintures spéciales et gardez le minimum de cartes de crédit. Laissez tout objet de valeur dans le coffre-fort de l'hôtel.
Si malgré tout vous êtes victime d'un vol, en particulier s'il s'agit de votre passeport, prévenez immédiatement le représentant de votre agence de voyages, ou votre ambassade ou consulat (*voir p. 94*).

PHARMACIES

Elles sont ouvertes du lundi au samedi de 8h30/9h à 13h, puis de 15h/16h à 19h. Dans chaque zone une pharmacie de garde est ouverte le dimanche de 8h à 12h. Vous en trouverez la liste dans les journaux locaux.

PLONGÉE

Les eaux limpides au bleu profond, la faune et la flore sous-marines bien préservées et l'agréable température de l'eau en été (23 °C en moyenne) et en automne (jamais moins que 14 °C) rendent la plongée très populaire. Avec une visibilité jusqu'à 30 m, cavernes, grottes et épaves se prêtent bien à l'exploration.
Vous pourrez observer mérous, grondins, pieuvres, rougets, poissons volants, girelles paons, plusieurs variétés de coraux et même des anguilles et des hippocampes. Les principaux sites de plongées – plus de **30 sites** – sont répertoriés et décrits sur la carte interactive du site www.visitmalta.com. Pour des informations sur les épaves et sur la vie marine à Malte, consulter le site de la Fondation Marine de Malte (www.marinefoundation.org), qui se consacre à la préservation de l'habitat marin.
Des **clubs de plongée**, très professionnels, sont équipés pour accueillir aussi bien les débutants que les plongeurs qualifiés. Le matériel est en location à des prix raisonnables. La majorité des clubs sont affiliés PADI et CMAS. Les débutants devront présenter un certificat médical

(possibilité de visite médicale sur place).
L'office de tourisme dispose de la liste des centres de plongée installés sur Malte et sur Gozo. Vous en trouverez également une liste complète sur le site de l'association des sites de plongée www.pdsa.org.mt. Pour en citer certains parmi les plus renommés :
Aquatica Diving Centre – Tony Bajada Street, St Paul's Bay, ✆ 2157 9753 - www.scubadivingmalta.com.
Divewise Services – Westin Dragonara Complex, St Julian's - ✆ 2135 6441- www.divewise.com.mt.
Moby Dives – Xlendi Bay, Gozo - ✆ 2156 4429 - www.mobydivesgozo.com.

POSTE

Les bureaux de poste sont généralement ouverts en semaine de 7h30 à 12h30, du lundi au samedi. Le bureau principal de La Valette se trouve dans le palais Dar Annona, Place Castille ***B2 sur plan p. 17*** et est ouvert du lundi au vendredi de 8h15 à 15h45, le samedi de 8h15 à 12h30. Les timbres peuvent être achetés dans les bureaux de poste, chez les marchands de journaux, dans les hôtels et les bureaux de tabac *(tabacchi)* s'ils affichent une pancarte où la lettre « T » est inscrite en blanc dans un cadre noir. Pour plus de renseignements : www.maltapost.com.

POURBOIRES

Il est d'usage de laisser un pourboire d'environ 10 % au restaurant si le service n'est pas compris, d'environ 0,50 € par bagage aux porteurs dans les hôtels. Si vous êtes satisfaits du service, il est également recommandé de laisser un pourboire au personnel de chambre.

PRESSE ET RADIO-TV

La presse internationale est disponible en ville, y compris dans les kiosques. Vous trouvez des renseignements sur les loisirs, les horaires des transports, etc., dans les quotidiens locaux en anglais *(The Times of Malta, The Malta Independent et Malta Today).*
Malte possède une chaîne nationale de télévision en maltais. Plusieurs chaînes italiennes se captent facilement et le cable est répandu dans les hôtels.
Radio Malte diffuse des programmes sur Central FM Radio (93,3 MHz) et Radio Malte 2 (93,7 MHz).

RESTAURATION

L'offre culinaire de Malte et de Gozo est ample et diversifiée, variant du grand restaurant gastronomique au petit bistrot local et aux snacks ambulants. Les restaurants sont ouverts généralement entre 12h et 15h et entre 19h et 23h. Le jour de fermeture varie selon les établissements et certains ferment les jours fériés *(voir p. 95)*. Les spécialités maltaises reflètent les deux réalités de l'archipel : la terre et la mer. Dans les stations côtières demandez le poisson frais « du jour » : dorade, espadon, thon... grillé ou cuisiné en sauce, il fait partie des mets nationaux, tandis que le lapin en ragoût ou frit est un plat typique des régions centrales de l'île. Les amateurs de cuisine italienne seront satisfaits car les pâtes et les pizzas sont présents dans la quasi-totalité des menus, ainsi que diverses soupes. Pour une petite faim, vous trouverez dans tous les cafés ou chez les vendeurs ambulants les *pastizzi*, des sortes de feuilletés au fromage, à la viande ou aux légumes.

Voir Pour en savoir plus Gastronomie p. 127.

SANTÉ

Assurance

Il n'existe pas d'accord sanitaire entre Malte et la France. Les actes médicaux sont payants pour les expatriés et coûteux s'ils sont dispensés dans un établissement privé. Il est donc recommandé de souscrire un contrat d'assistance ou d'assurance, qui garantit le remboursement des frais médicaux engagés et le rapatriement sanitaire en cas de maladie.

Médecins et hôpitaux

En cas d'urgence adressez-vous à la pharmacie ou à l'hôpital le plus proche (St James Hospital, Sliema - ✆ 2329 1000 - www.stjameshospital.com ou Mater Dei Hospital, Msida - ✆ 2545 0000) ou bien contactez un des médecins francophones recommandés par l'ambassade de France :

Dr Timothy Camilleri – 15 Regent House, Bisazza Street, Sliema - ✆ 2131 1811 ou 7909 4500.

Toutes les **infos utiles** sur la destination en quelques clics ! Sites touristiques, restaurants, hôtels, trafic, stations essence, parkings, météo : découvrez notre **carte Michelin interactive** en scannant le QR Code ci-dessus.

Pr Albert Fenech, cardiologue - Mater Dei Hospital - ✆ 2545 4040.

N'oubliez pas que la chaleur peut être extrême en juillet et en août et que le soleil est implacable. Prévoyez des crèmes solaires (exposez-vous progressivement) et un chapeau, sans oublier de vous hydrater régulièrement.

SITES INTERNET

Quelques sites Internet qui fournissent toute l'actualité sur l'archipel :

www.heritagemalta.org
www.gov.mt
www.orderofmalta.org
www.islandofgozo.org
www.visitmalta.com
www.visitgozo.com

SPORTS

À Golden Bay et à Mellieħa Bay on peut trouver les équipements classiques pour les **sports nautiques :** planche à voile, ski nautique et monoski. Les véliplanchistes confirmés choisissent Mellieħa.

Les amateurs de sensations fortes moins expérimentés peuvent essayer parachute ascensionnel ou canot pneumatique.
Malte ne dispose que d'un terrain de **golf,** le parcours à 18 trous du Royal Malta Club, au Marsa Sports Club (☎ 2123 3851 - www.marsasportsclub.com) qui loue aussi le matériel.
Le centre situé en périphérie de Marsa, propose également 19 courts de **tennis,** 5 salles de **squash,** un minigolf, une **piscine** en plein air et des billards. La carte de membre est obligatoire (7 €/j, 35 €/sem). Il est nécessaire de réserver pour avoir accès aux équipements.
Beaucoup d'hôtels possèdent des courts de tennis et de squash, des salles de fitness et des saunas, ainsi que des installations de sports nautiques.
Les cavaliers émérites ou débutants ont la possibilité de s'adonner à l'**équitation** à Golden Bay, trottant ou galopant sur les pistes le long de la plage. Golden Bay Horse Riding (☎ 2157 3360 - www.goldenbayhorseriding.com).
Les courses de chevaux, plus spécialement de trot attelé, sont très populaires à Malte. Les jockeys ne montent pas les trotteurs mais les dirigent depuis leur sulky. Le champ de courses est situé à Marsa, au sud de La Valette, et les réunions hippiques du dimanche attirent en été jusqu'à 4 000 spectateurs pour leurs 12 départs.
La géographie escarpée et la variété de paysages de Malte et de Gozo invitent aux **promenades et aux randonnées,** sous réserve de ne pas s'aventurer aux heures les plus chaudes. Les îles offrent une multitude de sentiers panoramiques, dont les distances sont relativement courtes. Renseignez-vous auprès de l'office du tourisme pour obtenir les brochures des chemins à parcourir **à pied** ou **à vélo.**

TABAC

Il est interdit par la loi de fumer dans les restaurants, les bus, les cinémas et tout autre lieu public.

TAXIS

Vous ne pouvez pas les héler dans la rue mais vous les trouverez sans difficulté dans les stations de taxi, ou bien en les appelant depuis l'hôtel.

Taxis blancs

Les taxis officiels sont de couleur blanche et facilement reconnaissables grâce à leur numéro d'immatriculation noir sur fond rouge - **White Taxi Service** - ☎ 2369 6071.
Le tarif de la course depuis l'aéroport est fixe (et affiché, *voir p. 3*), mais les autres trajets sont négociables. Vérifiez que le compteur soit bien branché ou convenez du coût de la course au préalable. Attention ! Les tarifs augmentent considérablement après minuit.

Taxis noirs

Les taxis noirs (sans enseigne sur le toit) sont gérés par des compagnies privées qui proposent donc des tarifs un peu moins élevés. Pour en réserver un voici quelques adresses de confiance, autrement adressez-vous

à votre hôtel pour connaître le garage recommandé le plus proche.
John's Garage - ✆ 2122 8612.
Meli Garage - ✆ 2148 7030.
Zarb Garage - ✆ 2148 9991.

Taxis électriques

Les taxis électriques de la compagnie **Smart Cabs** desservent les rues de La Valette dans un respect total de l'environnement. Ils stationnent habituellement sur la place face à l'entrée de la co-cathédrale St-Jean - ✆ 7741 4177 - comptez 5 € par course en ville.

Water Taxis

Alternative très pratique et souvent plus rapide que les taxis traditionnels, les bateaux-taxi sillonnent la baie du Grand Harbour pour relier les deux rives (4 €/pers.). Service possible également jusqu'à Sliema et St Julian's (6 €/pers.).
Malta Watertaxis - ✆ 7999 0001 - www.maltawatertaxis.com.mt.
A & S Water Taxis - ✆ 2180 6921 - www.maltesewatertaxis.com.

TÉLÉPHONE

Cabines téléphoniques

Vous trouverez des cabines téléphoniques publiques dans presque tous les centres habités. Elles acceptent les cartes (en vente dans les bureaux de poste, chez les marchands de journaux ou dans les boutiques de téléphonie comme Go et Easyline au tarif de 5 €, 10 € et 20 €). Quelques-unes fonctionnent encore à pièces (0,10 €, 0,20 €, 0,50 €, 1 €).
Les tarifs sont réduits de 20 % entre 20h et 24h du lundi au vendredi et de 36 % tous les jours de 24h à 8h.
Pour envoyer des télécopies, adressez-vous à l'un des nombreux cafés Internet qui proposent ce service *(voir p. 94)*.

Appels internationaux

Pour appeler de France vers Malte, composez le 00 puis 356, suivi du numéro de votre correspondant.
Pour appeler de Malte vers la France, composez le 00 33 suivi du numéro de votre correspondant (sans le 0 initial).
Autres indicatifs
Belgique : 32.
Canada : 1.
Luxembourg : 352.
Suisse : 41.
Pour tout renseignement composez le numéro de service 1182.

TOILETTES

Des toilettes publiques sont placées à proximité de tous les sites touristiques ou des places principales (pourboire pour l'entretien à la discrétion du client). Si la propreté de certaines d'entre elles laisse parfois à désirer, celles de La Valette font exception. Entièrement aménagées et décorées par un célèbre cabinet d'architectes d'intérieur, les **Public Convenience** (toilettes publiques) de la capitale peuvent se vanter d'être les plus « design » de la Méditerranée (angle entre Straight Street et Old Theatre Street, La Valette - entrée 0,30 €) !

TRANSPORTS EN COMMUN

Autobus

Depuis juillet 2011, les traditionnels bus de couleur jaune ont pris leur retraite pour céder la place à une nouvelle flotte gérée par la compagnie **Arriva** (www.publictransport.com.mt). Modernes et efficaces, les bus sont le moyen le plus facile et le meilleur marché pour vous déplacer dans l'île. Ils sont fiables bien que lents et parfois bondés. La Valette est le principal point de départ du réseau.
Les lignes relient en général directement la capitale aux principales localités de l'île. L'office du tourisme distribue un opuscule détaillant les différents trajets.
Pour tout renseignement adressez-vous au kiosque situé au terminus de La Valette, en contre-bas de la Fontaine aux Tritons (***St James Ditch, B2 sur plan p. 17***), ou bien reportez-vous au site Internet très complet. Sur Gozo, les bus rayonnent à partir de Victoria, mais les services ne sont pas fréquents.
Les billets s'achètent dans l'autobus (attention, prévoyez l'appoint sous peine de ne pouvoir emprunter le bus), aux distributeurs automatiques, dans les billetteries situées au terminal de La Valette, de Buġibba, de l'aéroport et à Sliema, en ligne ainsi que chez les revendeurs autorisés.
Le tarif pour une course est de 1,30 € (valable 2h). Pour ceux qui prévoient des déplacements très fréquents les **forfaits** suivants peuvent être avantageux : 1,50 €/1 j ; 6,50 €/7 j.

21 €/semaine

Bateau

Liaison La Valette-Sliema – La Marsamxetto Steam Ferry Services (✆ 2346 3862 - www.vallettaferryservices.com) assure des liaisons quotidiennes entre Sliema et La Valette toutes les heures, de 8h à 18h (juin-sept. 19h) et toutes les 30mn de 10h à 16h. La traversée dure 5mn au prix de 1,50 € l'aller (2,80 € AR).
Liaison Malte-Gozo et Comino – *Voir Visiter Malte p. 93.*

VIE NOCTURNE

Si les régions de Buġibba, Mellieħa et Marsascala sont parmi celles qui comptent le plus de lieux de sortie de l'île, Paceville est indiscutablement le rendez-vous favori des noctambules, en quête de soirées frénétiques et extravagantes dans l'un de nombreux bars et boîtes de nuit qui parsèment les ruelles autour de Triq St George. La Valette et Victoria offrent un échantillon de divertissements plus intellectuels, tandis que dans les autres localités, c'est la place principale ou la promenade du bord de mer qui fait office de salon à ciel ouvert, à partir de l'heure de l'apéritif jusque tard dans la nuit.

VISITES/EXCURSIONS

En bus

La compagnie de bus **Malta Sight Seeing** (✆ 2169 4967 - www.maltasightseeing.com) propose quatre circuits – le Nord, le Sud, Gozo et Malta by Night – commentés en seize langues, très complets et

intéressants. La formule *hop on, hop off,* permet de descendre du bus à chaque étape et de le reprendre aux passages suivants dans la même journée. Une solution idéale pour qui dispose de peu de temps. Compris dans le prix du billet (15 €/pers.) un tour du port de La Valette en bateau. Plus ciblée, la visite des Trois Cités à bord d'un vieux car des années 1920, le **Vintage Bus** est une expérience à la fois divertissante et authentique. Le tour est géré par la même société.
À Mdina/Rabat, la compagnie **Melita Trains** propose un tour de la ville commenté en plusieurs langues, confortablement assis dans un petit train électrique (*voir p. 44*).

En taxi

Chez **Malta Licensed White Amalgamated** (67 Tarxien Road, Luqa - ✆ 2182 3017 - www.maltataxi.net), vous pourrez louer une voiture avec chauffeur pour 4 personnes (Comptez entre 30 €/1h et 140 €/8h).

En bateau

Captain Morgan Cruises (Dolphin Court, Tigne'Seafront, Sliema, Malte - ✆ 2346 3333 - www.captainmorgan.com.mt) est le spécialiste maltais des circuits en bateau et des explorations sous-marines. Une journée (ou une demi-journée) en bateau semble l'idéal pour faire le tour de ces îles baignant dans des eaux au bleu profond, mais aux plages rares. Les excursions organisées sont très variées : tour de l'archipel (Three Islands); visite du Lagon bleu à Comino (Comino & Blue Lagoon, *voir Visiter p. 63*); exploration des fonds sous-marins (Underwater safari). Selon les excursions vous naviguerez sur un *gulet* turc, un catamaran à voile ou une goélette à deux mâts à voile carrée. Un déjeuner-buffet est inclus pour les excursions d'une journée complète.
La compagnie **Luzzu Cruises** (✆ 7906 4489/9947 4210 - www.officialluzzucruises.com) propose plusieurs excursions intéressantes à bord des *luzzu*, les bateaux de pêche traditionnels à coque peinte. La première prévoit le tour complet du port de La Valette, de l'île de Manoel et de la côte de Sliema ; une autre prévoit un aller-retour entre Sliema et Marsaxlokk et la dernière longe la côte nord jusqu'à Gozo.

Autres excursions

Ne manquez pas deux autres excursions en bateau plus courtes mais tout aussi intéressantes : la visite du Grand Harbour de La Valette jusqu'aux Trois Cités en **dgħajsa,** les embarcations traditionnelles (départ depuis le Waterfront du Grand Harbour ou de Birgu, réservation auprès de M. Walter Ahar ✆ 7962 0034 ou de A & S Water Taxis ✆ 2180 6921 - tarif négociable entre 6 et 10 € par pers.) et celle de la **Blue Grotto,** sur la côte sud (✆ 2164 0058). Durant les mois d'été, l'écran total est indispensable : la petite brise soufflant sur le pont risque de vous faire oublier l'ardeur des rayons du soleil.
Pour les amateurs d'aventure faire le tour de l'île avec une **Jeep Safari** vous permettra de visiter d'une manière excitante, sinon confortable, les lieux impraticables hormis en

4 x 4. Les futurs pilotes de rallye pourront même prendre le volant. Organisée par Captain Morgan *(voir coordonnées p. 104)* entre mars et novembre.

En calèche

Faire le tour de La Valette ou de Mdina en calèche *(karozzin)* peut être une autre manière sympathique de découvrir la ville « à l'ancienne ». Confortablement assis dans une voiture aux allures très 1900, le tour dure généralement 30mn. Le tarif, négociable, tourne aux alentours de 30/40 € (à négocier avant de monter dans la calèche). Les calèches stationnent habituellement place de la Fontaine-aux-Tritons et près du fort St-Elme à La Valette, à l'entrée de la ville à Mdina.

Découvrir autrement

Une manière originale de découvrir Gozo est de participer à l'une des aventures proposées par **Gozo Adventures.** Parmi les différentes activités vous aurez les choix entre une journée autour des jeux et des sports traditionnels de l'île, une excursion à la découverte de l'agriculture et du programme environnemental EcoGozo et bien d'autres encore (www.gozoadventures.com).

Réservation indispensable

Réservation indispensable, longtemps à l'avance, pour la visite de l'**Hypogée de Ħal Saflieni** *(réservations au moins 3 semaines à l'avance sur place, au Musée National d'Archéologie de La Valette ou en ligne sur www.heritagemalta.org. Voir aussi p. 35).*

Forfaits et billets combinés

Le site Heritage Malta (heritagemalta.org) propose de nombreux « multipass », inégalement intéressants en fonction de la durée de votre séjour et de vos centres d'intérêt (dans la rubrique « Conseils » située au début de chaque chapitre, vous trouverez nos recommandations ville par ville).

Le plus intéressant, par la diversité des sites qu'il propose, reste le forfait ***Heritage Malta Multisite Pass*** *(50 €/38 €). Pour rentabiliser son achat, il vous faudra visiter au moins trois des quatre musées inclus dans le forfait, ainsi que le palais du Grand Maître à La Valette et les trois sites préhistoriques majeurs, ce qui est possible en une semaine mais relève du marathon si l'on ne reste que trois jours dans l'archipel !*

Agenda culturel

Le calendrier des festivités maltaises est en grande partie rythmé par les fêtes religieuses. En complément de la sélection proposée ci-dessous, entre avril et septembre, les **festas**, fêtes paroissiales traditionnelles, sont des événements à ne pas manquer. Ces fêtes durent une semaine et se terminent en apothéose durant le week-end. Aller à une *festa* est une excellente façon de découvrir les différents villages de l'archipel *(voir Pour en savoir plus p. 125)*. Procurez-vous auprès de l'office du tourisme le calendrier des grands évènements annuels ainsi que **The Malta Cultural Calendar,** publié tous les trois mois. Les mensuels gratuits **Malta & Gozo Day by Day, Events Malta** et **Pocket Malta** offrent un panorama complet de la vie culturelle sur l'île.

RENDEZ-VOUS ANNUELS

Janvier

▶**International Baroque Festival**, à La Valette. www.vallettabaroquefestival.com.mt.

Février

▶**Feast of St Paul's Shipwreck**, le 10 février à La Valette, en commémoration du naufrage de saint Paul et de son arrivée dans l'île en l'an 60.

▶**Carnaval**, fin février (semaine précédant le Carême). Il n'est sans doute pas aussi exotique à Malte qu'à Rio de Janeiro ou que dans certaines villes d'Espagne, mais la gaieté des processions pittoresques et des compétitions de danse en plein air, lui assure une place importante dans le calendrier des manifestations. Les principales festivités se déroulent à La Valette.

Mars

▶**Freedom Day** *(fête de la Liberté)* le 31 mars. Elle commence par la commémoration du retrait définitif des troupes britanniques de l'archipel, lors d'une cérémonie religieuse qui se déroule le matin au War Memorial à Floriana. L'après-midi, les traditionnelles régates opposent des canots à deux ou quatre rameurs dans le Grand Harbour. Un des meilleurs points d'observation de la course se situe en haut des bastions, à Senglea Point, en face de La Valette.

Mars-avril

▶**Pâques** : le Vendredi saint, vers 17h, des personnages costumés défilent dans les rues de quatorze villes et villages de l'île pour représenter la passion et la mort du Christ. Le jour de Pâques, on promène les statues du « Christ ressuscité », auxquelles on fait même parcourir les Trois Cités au pas de course !

Mai

▶**Festival des Feux d'artifice** Extraordinaire spectacle pyrotechnique la nuit du 30 avril au 1er Mai dans le cadre évocateur du Grand Port de La Valette.

Juin

▶**Imnarja** *(fête de St-Pierre et de St-Paul)* le 29 juin. Cette manifestation folklorique est très importante à Malte. Le soir précédant la Mnarja, les festivités commencent en plein air dans Buskett Gardens, avec chansons et musiques folkloriques durant jusqu'à l'aube. On sert des plats traditionnels, telle la fricassée de lapin. Le 29 commence avec un défilé des fanfares et une exposition agricole. L'après-midi, des courses de chevaux montés à cru et des courses à dos d'âne sont organisées à Rabat (à Malte) et à Victoria (à Gozo).

Juillet

▶**Malta Arts Festival** *(www.maltaculture.com)*. Les trois dernières semaines de juillet, ce festival est une des manifestations les plus attendues de l'année. Au programme : théâtre, danse, concerts et expositions.

▶**Malta Jazz Festival** *(www.maltajazzfestival.org)* attire le troisième week-end de juillet certains des plus célèbres musiciens de jazz du monde.

▶**Farsons International Food and Beer Festival** *(www.farsons.com/beerfestival)*. Dix jours de divertissements pour adultes et enfants dans le centre de l'île à Ta'Qali. Divers spectacles accompagnent des dégustations de cuisine traditionnelle mais surtout de bières de toute sorte.

Août

▶**Festival Mediterranea** *(www.mediterranea.com.mt)*. À la mi-août une panoplie d'événements (concerts, expositions, conférences, excursions, visites) met à l'honneur le patrimoine artistique, musical et culturel de Gozo.

Septembre

▶**Our Lady of Victories** *(N.-D. des Victoires)* commémore le 8 septembre la fin victorieuse du Grand Siège de 1565, la capitulation des Français en 1800 et l'abandon du siège de 1942 par les Puissances de l'Axe. Une régate se déroule dans Grand Harbour, à La Valette, et les festivités se prolongent à Senglea, Naxxar, Mellieħa (Malte), et Xagħra (Gozo).

▶**Independence Day** *(fête de l'Indépendance)* le 20 septembre donne lieu à des célébrations générales dans l'île tout entière.

▶**Notte bianca** *(www.nottebiancamalta.com)* fin septembre. Une nuit blanche où tout comme en France, musées et commerces sont ouverts toute la nuit.

Octobre

▶**Birgu Fest** *(www.birgu.gov.mt)*. Premier week-end d'octobre. L'occasion de célébrer l'héritage historique de l'ancienne capitale qui culmine par une illumination totale de la ville aux chandelles.

▶**Opéras à Gozo** *(programme sur www.teatruaurora.com et mediterranea.com.mt)*. Chaque année, la population de Gozo se mobilise autour de deux spectacles montés par les deux troupes « rivales ».

Décembre

▶**Republic Day** le 13 décembre. Les festivités comprennent défilés et parades, feux d'artifice et courses de chevaux à Marsa.

Gozo, Nadur en fête.
R. Manin / hemis.fr

Pour en savoir plus

Un peu de géographie

AU CŒUR DE LA MÉDITERRANÉE

L'archipel maltais est au centre de la Méditerranée. Il se situe à 93 km au sud de la Sicile et à 290 km à l'est de la Tunisie, baignant dans une eau parmi les plus limpides de la mer intérieure. Son nom, Malte, s'applique à la fois à la plus grande des îles et à l'archipel dans son ensemble.
L'île de **Malte** mesure 27 km de long et 14,5 km de large. **Gozo,** toute proche, avec 14 km de long sur 9 km de large, ne couvre guère plus du quart de la superficie de l'archipel. **Comino** se limite à 3 km², et les 4 îlots restants, Cominotto, Filfla et les îles de St-Paul (aussi nommées Selmunett Island et Quartz Island), sont en fait de minuscules rochers inhabités.

COMME UN GRAND PLATEAU SUR LA MER

Malte est un vaste plateau karstique aux ondulations douces. On n'y trouve plus ni lac, ni fleuve, même si de larges gorges taillées dans cette roche tendre rappellent l'existence de rivières anciennes. Son point culminant, sur les falaises de Dingli, atteint 253 m. Le contraste entre les falaises, situées au sud, et les baies, situés à l'ouest, est un des atouts de l'île, de même que la splendeur de celles qui entourent La Valette, et qui ont servi de havre aux flottes dès l'époque des Phéniciens. Ces ports naturels justifient à eux seuls l'intérêt porté à cet îlot au fil des siècles.

PALETTE FLORALE

Le sol est aride, les champs ayant été gagnés sur la roche sont tous entourés de murets de pierre pour lutter contre l'érosion, et pour stocker les cailloux inlassablement ramassés. Cela donne à l'île l'aspect d'une immense mosaïque dont l'apparence se modifie radicalement selon les saisons : minérale grise et beige en été où tout est grillé, elle se colore dès le retour du printemps avec la floraison jaune des anthémis et de l'oxalis, pourpre des trèfles et des glaïeuls sauvages. Les constructions navales d'antan gourmandes en bois ont sans doute accéléré la déforestation. La seule forêt qui demeure est celle de Buskett *(voir p. 42)*. Oliviers, orangers, amandiers ou pêchers sont autant de petits îlots de verdure eux aussi souvent protégés par des murs. Au bord des routes, les lauriers – roses ou blancs – fleurissent dès le mois d'avril, des câpriers poussent le long des murailles, les maisons en pierre dorée sont ornées de bougainvilliers. Des haies de figuiers de barbarie bordent routes et chemins, limitent les propriétés, protègent des regards. Les ficus sont souvent taillés et forment des voûtes protectrices du soleil dans la plupart des villes. Les fleurs

sauvages abondent en automne, en hiver et au printemps, couvrant les vallées d'un tapis multicolore éphémère. Les caroubiers, dont les fruits servaient autrefois de tares ou de grains pour les chapelets, restent les favoris des Maltais. Le sirop de caroube est encore employé pour lutter contre maux de gorge et les rhumes.

LE RÈGNE DU CALCAIRE

L'archipel est constitué principalement de différents types de calcaire coralliens et globigérineux *(voir p. 124)* et de grès, matériaux utilisés pendant des siècles pour les habitations, ce qui unifiait harmonieusement, jusqu'à récemment, villages, fermes et murets. Des carrières sont encore en activité. Hélas, l'explosion immobilière de ces trente dernières années qui s'est faite au détriment de l'emploi des ressources naturelles, a épargné peu de régions. Gozo apparaît cependant plus protégée, et grâce à une couche de chaux dans son sous-sol qui retient mieux les rares précipitations, elle est plus verdoyante. Comino, en revanche, est un rocher aride brûlé par le soleil. Malte ne peut guère se vanter du nombre de ses plages, mais les eaux qui l'entourent, claires et limpides, d'un bleu incroyable sont parmi les plus propres de la Méditerranée.

Les dates-clés

Entre 4000 et 3000 av. J.-C. - De nombreux vestiges mégalithiques témoignent de l'existence sur l'archipel d'une civilisation encore très mystérieuse.
Vers 900 av. J.-C. - Venus de l'actuel Liban (Tyr), les Phéniciens installent sur l'archipel un avant-poste commercial.
Entre le 8ᵉ et le 3ᵉ siècle av. J.-C. - Les Carthaginois succèdent aux Phéniciens. Malte se trouve engagée dans les guerres puniques qui opposent Carthage à Rome.
218 av. J.-C. - L'archipel est annexé par l'empire romain.
60 - Premières conversions au christianisme à la suite, dit-on, du naufrage de l'apôtre Paul.
476 - Chute de l'empire romain d'Occident. Malte tombe aux mains des Barbares.
533 - Reconquise par les Byzantins, Malte intègre l'empire romain d'Orient.
870 - Les Arabes, en pleine expansion, conquiert l'archipel et font de Mdina la capitale.
1070 - Originaire de Normandie, Roger Iᵉʳ, devenu roi de Sicile, s'empare de l'archipel qui est rattaché à la Sicile jusqu'au 16ᵉ s.
1530 - L'empereur Charles Quint cède l'archipel à l'ordre hospitalier de Saint-Jean de Jérusalem défait par les Ottomans à Rhodes.
1565 - Grand Siège de Malte.
1566-1571 - Construction de la nouvelle capitale qui prend le nom du Grand Maître de La Valette.
1798 - Bonaparte, commandant en chef de l'Armée d'orient, s'empare de l'archipel. L'ordre des chevaliers en est chassé. Face à l'occupant français, le peuple maltais se tourne vers l'Angleterre.
1814 - Le traité de Paris fait de Malte une colonie britannique.
1939-1945 - L'archipel joue un rôle stratégique dans la bataille en mer Méditerranée. Servant de base à l'armée britannique, les deux îles principales sont la cible de nombreux bombardements allemands.
1964 - Malte obtient son indépendance vis-à-vis de l'Angleterre, sans cesser d'appartenir au Commonwealth.
1974 - Malte devient une république.
2004 - Malte devient membre de l'Union européenne.
2011 - Le Parlement maltais vote une loi autorisant le divorce.
2014 - Marie-Louise Coleiro-Preca, du Labour Party, est élue présidente de la République.
2018 - La Valette sera capitale de la culture européenne.

Histoire

DE LA PRÉHISTOIRE AUX ROMAINS

L'archipel maltais est habité depuis plus de 6 000 ans, comme en témoignent les vestiges des grands temples de pierre qui surgirent aux environs de 3250 av. J.-C. Les premiers Maltais venaient sans doute de Sicile, ce que laissent supposer des outils et des poteries retrouvées dans plusieurs sites. En fait, bien avant que l'homme n'y fasse son apparition, les îles étaient probablement rattachées au continent joignant le Sud de l'Europe à l'Afrique du Nord comme en attestent les squelettes d'animaux retrouvés dans la grotte de Għar Dalam. Ces civilisations préhistoriques demeurent encore très mystérieuses : on ne cesse d'interroger ces pierres.
Les **Phéniciens** s'installèrent à Malte aux alentours de l'an 900 av. J.-C. Utilisant l'île comme poste avancé pour leur commerce en Méditerranée, cette puissante nation de négociants venus de l'Est lui apporta une certaine prospérité. Les **Carthaginois** leur succédèrent, venus du rivage opposé de la Méditerranée (la Tunisie d'aujourd'hui). Leur domination fut sans doute moins paisible et Malte se trouva, du fait de sa situation stratégique, forcée d'entrer en guerre. Après la défaite de Carthage contre les **Romains** lors de la deuxième guerre punique, vers 218 av. J.-C., les îles passèrent sous la férule de Rome pour les six siècles suivants.

SAINT PAUL

Les Romains, pendant cette période, établirent les fondements des cités qui sont devenues Mdina, sur l'île de Malte, et Victoria, sur celle de Gozo. Il reste peu de traces de leur présence (villa romaine de Mdina). L'événement le plus marquant fut le passage – non avéré – de **saint Paul** dans l'île. En route pour Rome afin d'y être jugé, vers l'an 60 de notre ère, l'apôtre fit naufrage juste devant la baie qui porte maintenant son nom. Il demeura à Malte pendant 3 mois et convertit, dit-on, le gouverneur romain Publius à la foi chrétienne (Publius devint le premier évêque de Malte et en est un des saints patrons). L'archipel fut christianisé rapidement, ainsi qu'en témoignent les catacombes chrétiennes des premiers siècles.
Après la chute de l'Empire romain, et une période d'occupations barbares, Malte fut reconquise en 533 par Byzance. En 870, l'archipel est occupé par les Arabes en pleine expansion sur le continent africain : ils imposèrent leur langue et sans doute leur religion. Leur véritable influence outre l'architecture et l'implantation de certaines plantes porta sur le *malti*, qui est la seule langue sémitique de l'Union européenne *(voir p. 132)*.

Le commerce des esclaves y est également florissant (et ne cessera de l'être jusqu'à son abolition d'abord par Bonaparte puis au 19e s.).

LES HOSPITALIERS DE SAINT-JEAN-DE-JÉRUSALEM

En 1090, le comte normand Roger de Hauteville débarqua de Sicile et chassa les Arabes de Malte. Il restaura la religion chrétienne. Pendant les quatre siècles suivants, Malte, site stratégique, fut utilisée comme un pion sur l'échiquier des grandes puissances européennes, passant du contrôle du royaume de Sicile à celui de la France, avec les Angevins, puis de l'Espagne, avec les Aragonais, représentant un enjeu dans les guerres, les mariages princiers ou les héritages au détriment la plupart du temps des droits du peuple maltais.

En 1530, l'empereur Charles Quint prit la décision capitale d'octroyer l'île aux Hospitaliers de Saint-Jean-de-Jérusalem, qui s'établirent à Birgu (Vittoriosa, de nos jours). Ils poursuivirent à Malte les missions de leur Ordre : la défense de la chrétienté contre l'islam et les soins aux malades. Servants d'hôpitaux à l'origine, ils étaient devenus par force des marins combattants. Le **Grand Siège** de 1565, qui vit s'opposer plus de 45 000 Ottomans et barbares aux 550 Chevaliers de Malte, marqua un tournant pour les royaumes chrétiens. La victoire héroïque des Chevaliers et du peuple maltais mit un terme à l'expansion ottomane. Le Grand Maître français, Jean de La Valette, fort de l'expérience du Grand Siège et qui s'attendait au retour imminent des Turcs, décida la construction d'une nouvelle ville fortifiée. Les moyens parvenaient de tous les pays d'Europe en témoignage de gratitude, et le pape envoya même son propre ingénieur en chef pour surveiller les travaux *(voir p. 124)*. En l'espace de 5 ans seulement, la ville de La Valette surgissait de terre.

Pendant les siècles suivants, architectes, peintres, sculpteurs, ne cessèrent d'embellir les monuments de la capitale et des autres cités.

À la suite de ce triomphe, Malte traversa une période d'expansion. Le Grand Maître était considéré comme l'égal des monarques d'Europe. Si les apports des différents pays européens dont étaient issus les Chevaliers furent nombreux, l'influence de la France fut considérable puisque plus de la moitié des Chevaliers étaient français *(voir liste p. 120)*.

Les Chevaliers, qui étaient devenus marins par nécessité en quittant Jérusalem, pratiquaient la course contre les barbares et participèrent activement aux multiples échanges économiques de la mer intérieure. Mais, ironie du sort, la défaite de l'islam confirmée en 1571 après la bataille de Lépante, avait fait perdre à l'Ordre sa vraie raison d'être et son sens des valeurs. Oubliant souvent leurs vœux de pauvreté, de chasteté et d'obéissance, les Chevaliers rivalisaient de luxe et s'adonnaient à tous les plaisirs au détriment souvent de la communauté maltaise.

Le faucon maltais

En 1530, après huit années d'errance, les Hospitaliers se virent offrir Malte, l'île de Gozo et Tripoli par Charles Quint, qui régnait alors jusqu'à Naples et en Sicile. Ils avaient pour seule obligation de donner chaque année au moment de la Toussaint au vice-roi de Sicile un faucon. Signée le 24 mars 1530, la charte qui précise l'accord, auquel les Chevaliers ne se sont jamais soustraits, se trouve encore à la bibliothèque municipale de La Valette. C'est aussi un roman policier de Dashiell Hammett (1929) et un film de John Huston (1941).

DOMINATIONS FRANÇAISE ET BRITANNIQUE

Le 10 juin 1798, Bonaparte en route pour l'Égypte, fit escale à Malte et s'empara de l'île sans peine. En effet, les Chevaliers avaient alors perdu le goût de la lutte héroïque qui avait fait leur réputation et même abandonné la pratique des armes. Les Maltais eux-mêmes ne tenaient plus à l'Ordre et désiraient négocier au plus vite. Le Grand Maître allemand, Hompesch, accepta la convention préparée par Bonaparte et qui confiait Malte à la République française. Il quitta l'île avec des Chevaliers, emportant l'icône et deux reliques. Présent cinq jours à Malte, le jeune Bonaparte réforme l'administration, la justice, la santé, l'éducation et la défense. Il abolit l'esclavage, confisque les biens de l'Ordre et introduit la liberté d'imprimer. Il part pour l'Égypte avec une quarantaine de Chevaliers et des Maltais. Les habitants de Malte n'étaient pas fâchés d'être débarrassés des Chevaliers, mais ils prirent rapidement ombrage de la **domination française,** en particulier à cause de la mise à sac de leurs églises. Le vol du trésor de l'église des carmélites de Mdina déclencha la révolte. Les Maltais se rebellèrent contre l'occupant français. Les Anglais, saisissant l'occasion de combattre leurs ennemis héréditaires, se joignirent à eux et Nelson organisa le blocus de l'île.

Les Français capitulèrent en 1800 et pour éviter le retour des Chevaliers, les Britanniques s'établirent sur l'île, refusant de la quitter même après le traité d'Amiens de 1802. En 1814, Malte fut officiellement reconnue comme colonie britannique par le traité de Paris. Les Anglais en firent alors une base navale stratégique. L'ouverture du canal de Suez, en 1869, renforça son importance d'étape commerciale sur la route des Indes.

LA SECONDE GUERRE MONDIALE : BOMBARDEMENTS ITALIENS ET ALLEMANDS

Pendant la Seconde Guerre mondiale, la situation géographique de Malte en fit à nouveau le point névralgique de la lutte pour le contrôle de la Méditerranée. Les Alliés l'utilisèrent comme base lors de leurs offensives contre les convois de ravitaillement de Rommel durant la campagne d'Afrique

du Nord. Cependant, la proximité de l'Italie, territoire ennemi situé à seulement 93 km, rendait très difficile la défense de cet archipel isolé.
Les bombardements de Malte commencèrent en 1940 avec les attaques des forces aériennes italiennes, mais c'est de 1942 que date vraiment le **deuxième Grand Siège** de l'île. Hitler, exaspéré par l'incapacité de Mussolini à contrôler l'île, détacha la Luftwaffe qui pilonna ce minuscule îlot de mars à avril, avec deux fois le nombre des bombes lâchées sur Londres pendant tout le Blitz. Malte gagna alors, bien malgré elle, le titre du lieu le plus bombardé au monde. L'attaque incessante dura 154 jours et nuits, amenant les Maltais au bord de la capitulation (tout comme en 1565). En août cependant, un convoi de secours ardemment attendu finit par forcer le blocus allemand, ce qui renversa totalement la situation. Les Alliés furent dès lors en mesure de reconquérir l'Afrique du Nord.
La Grande-Bretagne rendit hommage à la bravoure des Maltais en décernant à l'archipel la George Cross, la plus haute distinction civile accordée pour le courage manifesté au combat. Cette croix figure aujourd'hui sur le drapeau maltais. Heureusement, les cavernes naturelles et les ouvrages défensifs de l'île servirent de refuge à la population, ce qui limita les pertes civiles à 1600 morts (sur 250000 habitants), auxquels il faut ajouter les 650 soldats maltais tués lors des batailles.

DE L'INDÉPENDANCE À NOS JOURS

Malte obtint le statut d'État en 1962, accéda à l'indépendance dans le cadre du Commonwealth, (dont elle est toujours membre) le 21 septembre 1964 et obtint un siège aux Nations unies. Malte conserva des liens étroits avec la Grande-Bretagne les 15 années suivantes. En 1974, elle devint une république indépendante. Un temps tentée par le rapprochement avec le bloc soviétique, Malte rejoint l'Union européenne en mai 2004 après confirmation de sa demande par un référendum, et adhère à la zone euro en 2008.

Malte est le plus petit État de l'Union (413609 hab.).

LES INSTITUTIONS ACTUELLES

La constitution maltaise a été promulguée en 1964. Elle est régulièrement modifiée par les lois du Parlement. Malte est une république parlementaire à une Chambre. Les 65 membres du Parlement sont élus au suffrage universel tous les 5 ans, ils désignent le président de la République. Celui-ci désigne le Premier ministre qui est le chef du parti majoritaire à la Chambre et dont le Conseil des ministres détient le pouvoir exécutif.

Mystères gravés dans la pierre

LES TEMPLES MÉGALITHIQUES

L'archipel maltais abrite une trentaine de temples. Les temples édifiés à Skorba et à Mġarr (**Ta'Ħaġrat**) sur l'île de Malte *(voir p. 54)*, ainsi qu'à **Ġgantija★★★** sur Gozo *(voir p. 61)*, sont parmi les plus anciens monuments du monde, remontant aux environs de 3250 av. J.-C., avant même les pyramides d'Égypte. Comme dans tous les autres sites mégalithiques, les visiteurs se demandent comment les blocs de pierre ont pu être transportés jusque-là, puis levés dans leur position actuelle. On suppose que certains des mégalithes avaient pu être roulés sur les énormes roues de pierre retrouvées enfouies dans quelques temples, mais les archéologues ne comprennent toujours pas comment les plus grosses pierres, pesant des tonnes, ont pu être dressées à la verticale, après avoir sans doute été taillées avec des outils rudimentaires faits d'os et de bois. On recourait autrefois à des légendes pour combler les interrogations. On parle d'une géante qui aurait transporté les énormes blocs de Ġgantija jusqu'au temple, à partir de Ta'Cenc distante de près de 4 km.

Longtemps négligés, connus des seuls initiés, les temples sont au cœur de la richesse artistique de Malte. Il est recommandé de commencer par visiter les musées archéologiques de l'île *(voir Visiter p. 22 et p. 58)* pour se faire une idée générale du cadre historique, puis de visiter les temples.

LES TRACES DE WAGONS

Aussi énigmatiques que les temples sont les **chemins charretiers** (Cart Ruts) près de Buskett Gardens *(voir Visiter p. 42)*. On en trouve d'autres exemples un peu moins connus sur Gozo. Il s'agit d'un ensemble de rainures parallèles creusées sur la surface du rocher, et dont on pense qu'elles fonctionnaient comme des rails afin de faciliter la mobilité de traîneaux ou de véhicules à roues. On ignore si elles ont été creusées ou si elles sont le fruit de l'usure. Certains historiens supposent qu'elles auraient servi de route pour le transport de la terre. Un fait qui pourrait être confirmé par la rareté de la terre à Malte et par la nécessité d'en acheminer pour pouvoir la cultiver. Aujourd'hui encore, les pluies diluviennes obligent à remonter la terre entraînée par les flots d'eau.

L'ordre de Malte

Aujourd'hui associé à des œuvres caritatives, l'ordre de Malte est l'héritier d'une institution vieille de plusieurs siècles. Tout a commencé à Jérusalem, à proximité de l'église Saint-Jean qui donna son nom à l'organisation formée, au tournant de l'an mil, par des moines hospitaliers.

FONDATION

L'ordre des Hospitaliers de Saint-Jean-de-Jérusalem trouve son origine à Jérusalem, aux environs de l'an 1000. Ce sont des marchands d'Amalfi (Italie) qui y ont ouvert un premier lieu d'accueil. La congrégation religieuse fut ensuite consacrée par le pape en 1113 qui reconnaît ainsi son rôle majeur dans l'aide et la protection des pèlerins. Avec l'importance croissante des croisades, l'Ordre se renforça et s'enrichit, attirant de plus en plus de recrues issues des grandes familles nobles d'Europe. Son rôle militaire se trouva progressivement privilégié, le désignant clairement comme le défenseur de la chrétienté contre l'islam.

Dès l'origine la croix blanche est cousue sur une robe noire, uniforme encore en usage aujourd'hui *(voir encadré p. 50)*.

ORGANISATION

Les Chevaliers sont soumis à l'autorité du **Grand Maître,** élu à vie par eux-mêmes. L'Ordre relève directement du Vatican. Les Chevaliers conservent des liens avec leurs patries d'origine, ils sont regroupés par **Langues** (Provence, Auvergne, France, Italie, Aragon, Angleterre, Allemagne, Castille) dans des **auberges.** Vivant de dons, et de l'exploitation de leurs multiples possessions, appelées commanderies (660 à la fin du 18e s.). Ils sont **moines**, **soignants** et **soldats.** Devenus navigateurs par obligation, ils formèrent des marins hors pair. Faire ses « caravanes », c'est-à-dire naviguer trois ans sur une galère, était une obligation.

DE JÉRUSALEM À RHODES

En **1307**, les Hospitaliers de Saint-Jean, chassés de Terre sainte, s'établirent à Rhodes où ils demeurèrent presque deux siècles, mais ils en furent également chassés en **1522** par les Ottomans sur les ordres de Soliman le Magnifique. Admiratif de la manière dont les Chevaliers s'étaient défendus, Soliman leur accorda la vie sauve, en échange de la promesse de ne plus s'attaquer à l'empire. Ce nouveau départ fut suivi de quelques années d'errance.

À MALTE

En **1530**, Charles Quint leur proposa de s'installer à Malte, ce qu'ils finirent par accepter malgré l'aridité des lieux. En échange de quoi, les Chevaliers devaient acquitter chaque année la redevance symbolique d'un faucon *(voir encadré p. 115)*.

En **1565,** après un répit de 35 ans seulement, ils durent affronter à nouveau l'attaque des Turcs. Cette fois, les enjeux étaient beaucoup plus sérieux : si Malte tombait, toute l'Europe chrétienne se trouvait menacée. Les Chevaliers de Malte, se préparant au pire, avaient fortifié Birgu et Senglea, et construit le fort St Elme, à l'extrémité de la péninsule où se dresse maintenant La Valette. Les armées turques étaient fortes de plus de 45 000 hommes, alors que Malte regroupait tout juste 550 Chevaliers, 1400 soldats, 400 esclaves et 3 000 civils. Le **Grand Siège** commença le 18 mai par le pilonnage incessant du fort St-Elme. Les Turcs espéraient le faire tomber en quelques jours, mais les Chevaliers résistèrent pendant plus d'un mois. Si tous les défenseurs du fort moururent, il en coûta aussi des pertes énormes du côté ottoman. Les Chevaliers et les Maltais se retranchèrent à Birgu dans le fort St-Angelo. Après trois mois de carnage laissant seulement 600 survivants, des renforts finirent par arriver de Sicile, et les Turcs battirent en retraite pour ne jamais revenir, après avoir perdu quelque 30 000 hommes. Malte et ses Chevaliers furent fêtés comme les sauveurs de la chrétienté.

Après la victoire de Lépante, en **1571,** la menace ottomane s'estompe, mais le péril demeure au sud, les Chevaliers continuent à lutter contre les razzias des barbares venus de la côte africaine.

Ils pratiquent la course en mer augmentant leurs revenus et alimentant leurs galères en rameurs. Les galères de la « Religion », c'est ainsi qu'on appelait l'Ordre, assument ainsi un rôle de protection pour le commerce méditerranéen.
Pendant les 2 siècles suivants, les Chevaliers ne cessent de construire, de renforcer et d'embellir l'île faisant appel aux plus grands artistes, brassant les styles et les influences, accumulant meubles, objets, livres... Ils poursuivent en même temps leur mission hospitalière dans les bâtiments de la **Sacra Infermeria** à La Valette, mais aussi ailleurs. Leurs innovations médicales sont nombreuses, qu'il s'agisse des soins ou de la pharmacopée. Mais cette période d'expansion, et de calme, s'accompagne d'une dégradation des mœurs des Chevaliers qui oublient souvent les vœux prononcés.
En **1798,** chassés par Bonaparte avec la complicité des Maltais qui souffraient d'être souvent tenus à l'écart, les Chevaliers quittèrent l'île. Certains rentrèrent dans leurs pays, d'autres suivirent le Grand Maître en Italie ; une quarantaine de Chevaliers français rejoignirent l'armée d'Égypte.

LES CHEVALIERS DE MALTE AUJOURD'HUI

En **1834,** l'Ordre installe son siège à Rome où il se situe toujours. L'Ordre, le plus petit État du monde, encore très hiérarchisé (un Grand Maître élu à vie est assisté d'un Souverain Conseil), compte 12 500 membres environ dont la plupart sont laïcs, et se consacre à des œuvres humanitaires par le biais de programmes développés dans 120 pays. Son extra-territorialité est reconnue par 49 pays dans lesquels il a une représentation diplomatique (il y a un ambassadeur de l'Ordre à Malte dont la résidence est dans le bastion Saint-Jean à La Valette). Il est observateur permanent à l'ONU. L'Ordre, comme une ONG, dispose d'hôpitaux dans le monde entier qui s'investissent aussi dans des travaux de recherche. Il apporte une aide d'urgence lors de conflits ou de catastrophes naturelles et soutient les nécessiteux par une aide alimentaire ou une participation à la construction de logements, d'écoles...

LES GRANDS MAÎTRES À MALTE

Il y a eu jusqu'à ce jour 80 Grands Maîtres, depuis Gérard, fondateur de l'Ordre jusqu'à l'actuel, Mathew Festing. Voici la liste des 28 Grands Maîtres qui ont été présents à Malte ; 12 sont Français.

- **Philippe de Villiers de L'Isle-Adam** (1530-1534), Français.
- **Pierino de Ponte** (1534-1535), Italien.
- **Didier de Saint-Jaille** (1535-1536), Français.
- **Juan de Homedes** (1536-1553), Espagnol.
- **Claude de la Sengle** (1553-1557), Français.
- **Jean Parisot de La Valette** (1557-1568), Français.
- **Pietro del Monte** (1568-1572), Italien.
- **Jean L'Evesque de La Cassière** (1572-1581), Français.
- **Hugues Loubenx de Verdale** (1581-1595), Français.
- **Martin Garzez** (1595-1601), Espagnol.
- **Alof de Wignacourt** (1601-1622), Français.
- **Luis Mendes de Vasconcellos** (1622-1623), Espagnol.
- **Antoine de Paule** (1623-1636), Français.
- **Jean-Paul de Lascaris-Castellar** (1636-1657), Français.
- **Martin de Redin** (1657-1660), Espagnol.
- **Annet de Clermont de Chattes Gessant** (1660), Français.
- **Rafael Cottoner y de Oleza** (1660-1663), Espagnol.
- **Nicolas Cottoner y de Oleza** (1663-1680), Espagnol.
- **Gregorio Carafa** (1680-1690), Italien.
- **Adrien de Wignacourt** (1690-1697), Français.
- **Raimondo Perellos y Roccafull** (1697-1720), Espagnol.
- **Marc'Antonio Zondadari** (1720-1722), Italien.
- **Manoel de Vilhena** (1722-1736), Portugais.
- **Ramon Despuig** (1736-1741), Espagnol.
- **Manoel Pinto da Fonseca** (1741-1773), Portugais.
- **Francisco Ximenes de Texada** (1773-1775), Espagnol.
- **Emmanuel de Rohan-Polduc** (1775-1797), Français.
- **Ferdinand de Hompesch** (1797-1799), Allemand.

Art et architecture

Au cours des siècles, grâce à la présence des Chevaliers, à leurs liens avec tous les pays européens, à leur sens de la beauté et à leur activité de mécènes, quelques artistes majeurs ont contribué à enrichir le patrimoine artistique de Malte. Ils ont également animé des ateliers et fait école. On peut voir leurs œuvres (et celles de leurs élèves) partout à Malte et Gozo, dans les musées, les palais et les villages avec leurs 400 édifices religieux. Voici quelques figures majeures.

LES PEINTRES

Caravage ou le génie novateur (1571-1610)

Il y a assez peu d'œuvres de Caravage mais elles sont toutes exceptionnelles. Personnage mystérieux, il connaît aujourd'hui un succès planétaire. Son œuvre et sa vie mêlent étroitement l'ombre et la lumière, la déchéance et la rédemption. Sur les six tableaux connus que l'artiste a peints pendant sa brève période maltaise, deux sont encore visibles à Malte.

Michelangelo Merisi, dit Caravage, est né à Milan en septembre 1571, d'une famille originaire de Caravaggio (Lombardie), ville où il séjournera de temps en temps. Il apprend à peindre dans sa ville natale auprès de grands maîtres et rencontre très vite celle qui devient sa tutrice et restera une de ses protectrices tout au long de sa carrière, la marquise Costanza Sforza Colonna. L'influence de l'« école lombarde » (avec son humanité, sa religiosité, son naturalisme) est au cœur de la manière particulière de ce peintre hors norme. Il se rend à Rome vers 1589. La Ville éternelle, trépidante, cosmopolite, en chantier permanent, est redevenue, après l'éclipse d'Avignon, la capitale de la terre entière. Caravage est alors un jeune homme ambitieux, démuni et inconnu. En 1593, il entre dans l'atelier de Guiseppe Cesari, dit le Cavalier d'Arpin, peintre dont il apprécie guère le maniérisme mais qui va nourrir son réalisme provoquant et dont il deviendra rapidement un rival (à égalité avec Carrache). Puis il entre au service du Cardinal del Monte, grand mécène et autre protecteur. Pendant cette période romaine, il peint nombre de ses chefs-d'œuvre (natures mortes, portraits de saints et martyrs, scènes de la vie profane) et s'achemine vers la gloire. Parmi ces tableaux, les trois représentations de saint Matthieu, qui ornent depuis 1599 la chapelle Contarelli à St-Louis-des-Français.

À quoi ressemble le peintre ? Il est décrit comme sombre de peau, avec des yeux et des cheveux noirs. Quand il ne peignait pas, Caravage, toujours armé de son épée, fréquentait les bas-fonds romains, où il côtoyait nobles, artistes, artisans, bohémiens, étrangers, prostituées et mendiants. Adoptant leurs styles de vie, son destin bascule après le meurtre d'un notable romain. Il se réfugie à Naples, où il exerce son art, sans doute chez sa protectrice Colonna. Puis il embarque sur une des galères de l'Ordre de Malte, commandée par un Colonna, qui fait escale à Naples, à un moment où le Grand Maître Alof de Wignacourt cherche un peintre. Heureuses coïncidences. Séduit par le portrait que le peintre brosse de lui (actuellement au Louvre), voulant le maintenir à Malte, le Grand Maître décide d'en faire un Chevalier (ni de Grâce ni de Justice, mais d'Obédience Magistrale) en juillet 1608. *La Décollation de saint Jean-Baptiste* *(voir p. 20)*, le plus grand des tableaux et le seul signé, est sans doute le tribut payé par le peintre pour accéder à l'Ordre. Le *Saint Jérôme* avait été commandé l'année précédente par un Chevalier italien pour orner la chapelle de la Langue d'Italie dans l'église St Jean. D'autres tableaux ont été peints à Malte mais ils ont quitté l'île. Chevalier mais toujours mauvais garçon, Caravage est pris dans une rixe qui le conduit au cachot du fort St Angelo dont il s'évade un peu mystérieusement en octobre 1608. Bien décidé à demander sa réhabilitation auprès du pape, Caravage passe quelques années dans différentes villes siciliennes y laissant souvent des tableaux, avant de retourner à Naples. Sur le chemin de Rome, il trouve la mort, frappé probablement par la maladie, le paludisme ou la syphilis, à Porto Ercole où ses restes ont été identifiés dans la fosse commune en 2010.

Polydore de Caravage (1492-1543)

Élève de Raphaël, né aussi à Caravaggio. On lui attribue le somptueux crucifix en bois peint qui se trouve dans la co-cathédrale St-Jean. Michelangelo Merisi, dans ses séjours à Caravaggio a certainement étudié la peinture de Polydore.

Matteo Perez d'Aleccio (1547-1616)

Fuyant Rome, il fut accueilli à Malte par le Grand Maître Jean L'Evesque de La Cassière, et y passa cinq ans. On lui confia l'exécution du cycle de fresques illustrant le Grand Siège dans la salle du Grand conseil du palais du Grand Maître à La Valette. Outre cette œuvre majeure, on peut admirer de sa main un *Baptême du Christ* à la co-cathédrale St-Jean, *Le Naufrage de saint Paul* à l'église St Paul Naufragé de La Valette, et *Sainte Catherine d'Alexandrie* à Żurrieq. Il quitta Malte en 1581 pour l'Italie, l'Espagne et le Pérou où il devint peintre officiel du vice-roi.

Mattia Preti (1613-1699), le maître du baroque

En 1661, le Grand Maître Rafael Cottoner confia la décoration et l'embellissement de St-Jean à l'un des plus grands artistes italiens (calabrais) de son temps, après que celui-ci eut fait parvenir quelques œuvres importantes à Malte. En moins de cinq ans, Preti, qui vécut à Malte ses trente dernières années, transforma la co-cathédrale, modifiant certaines ouvertures, utilisant l'art du trompe-l'œil, sculptant la pierre, et recouvrant le plafond de fresques qui illustrent dix-huit scènes de la vie de saint Jean-Baptiste. Il résuma dans une fresque allégorique (au-dessus du portail d'entrée) les missions de l'Ordre de Malte en incluant les portraits des deux frères Cottoner. Durant son long séjour, il forma nombres d'élèves : quelques Chevaliers, des Maltais et beaucoup d'Italiens. Il est enterré à St-Jean. Beaucoup de ses œuvres sont exposées au musée des Beaux-Arts de La Valette, d'autres au musée de Mdina, certaines ornent encore des églises : St-Laurent à Vittoriosa, Tal-Mirakli à Lija, Ste-Catherine à Żurrieq, St-George à Victoria de Gozo ou dans la chapelle privée du palais de Verdala...

Antoine de Favray (1706-1792), peintre et graveur oublié

La vocation de ce peintre né à Bagnolet, près de Paris, est tardive. Son œuvre n'en est pas moins impressionnant et ses tableaux sont conservés dans les plus grands musées du monde. Il complète sa formation à Rome en trois ans comme pensionnaire de l'Académie de France, auprès de Jean-François de Troy tout juste nommé directeur par Louis XV. Il exécute alors ses premières œuvres. C'est sans doute la fréquentation de Chevaliers qui l'attire à Malte de 1744 à 1761 pour un premier séjour. On dit « qu'il fut si enchanté du pittoresque de l'île, du type et des costumes semi-orientaux des habitants, qu'il s'y installa ». Son œuvre maltaise (peintures et gravures), illustre à la perfection la vie à Malte au 18e s. Ses portraits de femmes sont exceptionnels, visibles à La Valette (au Musée national des Beaux-Arts, une salle lui est consacrée) ou encore au Louvre. On lui doit des portraits des dignitaires de l'Ordre, les baillis et les Grands Maîtres qu'il connut (Pinto, Ximenes, Rohan), des membres de l'aristocratie maltaise et bien entendu des œuvres religieuses dont les quatre compositions pour l'église de St-Paul-Naufragé à La Valette. En 1751, devenu membre de l'Ordre (servant d'arme), il reçu le bénéfice de commanderies et accomplit tout au long de sa vie les devoirs inhérents à la charge (soins aux malades). En 1771, après dix ans passés en Turquie, Favray revint s'établir à Malte où il devint l'ami du dernier Grand Maître français Emmanuel de Rohan-Polduc. Il continua à peindre portraits et scènes de la vie religieuse. En 1777, Favray rencontre le peintre français Jean Houël à qui il fait visiter l'île. Contrairement à celles de Caravage, beaucoup de ses œuvres sont encore en mains privées. Elles apparaissent régulièrement sur le marché.

Amadeo Preziosi (1816-1882)

Juriste de formation (comme la plupart des Maltais), le comte Preziosi opta malgré la désapprobation paternelle pour le monde de l'art. Formé à Malte, puis aux Beaux-Arts à Paris, il décida de résider en Turquie. On lui doit de nombreux portraits et des paysages (Musée national des Beaux-Arts).

Pierres de Malte

Pierre calcaire formée de sédiments marins, la ***globigérine*** *donne à Malte son unité et sa couleur dorée sous le soleil. Tendre et facile à sculpter, elle est aussi très friable. Son utilisation massive depuis des siècles confère à l'île son caractère minéral, et la nature aux alentours des carrières encore exploitées se couvre d'un voile grège. Malte exporte sa pierre. On dit que plusieurs statues de la cathédrale de Troyes sont en pierre maltaise ainsi que certaines bornes des domaines viticoles champenois. La globigérine continue à être employée dans la plupart des constructions récentes de l'île.*

Girolamo Gianni (1837-1895)

Napolitain venu s'établir à Malte pendant 20 ans, Gianni est le peintre des paysages maltais, et des marines.

Edward Caruana Dingli (1876-1950)

Militaire avant d'être peintre, il parcourt l'Europe et devient le portraitiste de la société maltaise au début du 19e s. Une rétrospective de son œuvre a été organisée en 2010 au palais du Grand Maître.

LES ARCHITECTES ET LES SCULPTEURS

Collaborateur de Michel-Ange, **Francesco Laparelli** vint à Malte dès 1566, envoyé par le pape Pie IV pour superviser la construction de La Valette sur le mont Scebberas. À son départ, l'architecte maltais **Gerolamo Cassar** (1520-1592) lui succéda après avoir fait un voyage en Italie. Il réalisa le palais du Grand Maître, la co-cathédrale St-Jean, la Sacra Infermeria, les auberges des Chevaliers et nombres d'autres bâtiments un peu partout dans l'île. L'Ordre confia ensuite ses travaux à **Francesco Buonamici**, entre 1634 et 1659. Outre la poursuite des fortifications, il dessina les plans des églises St-Philippe de Żebbug et St-Paul de Rabat, entre autres. C'est le Français **Mederico Blondel** qui lui succéda (église des Carmélites de Mdina 1650).

On doit au grand architecte maltais **Lorenzo Gafa** (1638-1703) la construction de multiples églises qui sont autant de chefs-d'œuvre, dont la cathédrale St-Paul de Mdina.

De 1715 à 1733, l'Ordre confia également des travaux au Français **Charles-François de Mandion** (dont le fort Manoel où il est enterré).

Le sculpteur **Melchior Gafa** (1635-1667), frère de Lorenzo, est surtout renommé pour la monumentale et magnifique sculpture de *Saint Jean baptisant le Christ* qui se trouve derrière l'autel dans la co-cathédrale St Jean (autres sculptures au Musée national des Beaux-Arts). C'est **Giuseppe Mazzioli** qui acheva l'œuvre, après sa mort accidentelle (une chute lors de son travail ?). **Lorenzo Gafa** est quant à lui l'auteur de l'imposant maître-autel de la co-cathédrale, où se mêlent le marbre, les lapis-lazuli et des métaux précieux.

Fêtes et traditions

LES FESTAS

De la mi-avril à la fin septembre environ, chaque ville, chaque village célèbre son saint patron lors d'une *festa*. Les toits sont surmontés de grands mâts lumineux, les maisons sont pavoisées, les rues sont tendues de banderoles en tissu coloré, des statues occupent les trottoirs. Les églises sont illuminées, les murs intérieurs recouverts de damas rouge, des fleurs en couronnes ou en bouquets sont déposées devant la statue du saint honoré. Des processions parcourent les rues, précédées par les *kazini*, les excellentes fanfares locales *(voir encadré p. 56)*. Des petites baraques offrent les spécialités de nougats et d'amandes. La bière coule à flot, tandis que de spectaculaires **feux d'artifice** illuminent le ciel.

LA SEMAINE SAINTE

À Malte la vie s'interrompt pratiquement pendant la semaine de Pâques. L'île revit une fois encore la passion du Christ. Le Jeudi saint, les églises ne désemplissent pas jour et nuit. Des calvaires sont installés dans de nombreux endroits. Le Vendredi saint est férié. Ni théâtre ni cinéma : c'est un jour de deuil. À Żebbug : plus de 1000 figurants en costume d'époque défilent pendant trois heures reconstituant les scènes de la Passion tandis que les stations du calvaire, lourdes et réalistes reconstitutions du chemin de croix, portées par huit pénitents en blanc, sont sorties de l'église et parcourent lentement les rues de la ville. Le dimanche de Pâques est un grand jour de fête : les *bandas* accompagnent le Christ en croix ressuscité porté par des hommes qui parcourent en courant les rues de certaines villes avant d'entrer sous les applaudissements dans les églises. C'est à Cospicua qu'il faut se rendre en fin de matinée pour assister à la procession et se procurer la traditionnelle *figola*, pâtisserie aux amandes décorée d'un glaçage de couleur.

NOËL

Des crèches – miniatures ou grandeur nature – sont exposées partout, y compris chez des particuliers qui n'hésitent pas à vous faire entrer dans leur maison.

ST-PAUL NAUFRAGÉ

Il s'agit d'une des plus importantes fêtes maltaises à laquelle participe l'ensemble de la classe politique. Elle a lieu le 10 février à La Valette. Après une messe solennelle chantée dans l'église de St-Paul Naufragé (St Paul's Shipwrecked, *voir Visiter Malte p. 23*), la statue de saint Paul quitte l'église où sont exposés pour cette occasion tous les trésors. Elle sera portée par des hommes qui tangueront pendant plusieurs heures pour imiter la houle qui avait jeté saint Paul sur le rivage maltais. La *banda* précède le saint. Des confettis blancs sont jetés des fenêtres et recouvrent peu à peu la chaussée.

LA BATAILLE DE L'OPÉRA

À Gozo, l'un des temps forts de l'année tourne autour de l'unique représentation d'opéra que donnent à l'automne chacun des deux *kazini* que sont **La Stella Philarmonic Society** et la **Leone Philarmonic Society**, fondées toutes deux en 1863 et chacune dotée de magnifiques théâtres, respectivement nommés l'Astra et l'Aurora. Bien que les deux sociétés ne comptent parmi leurs membres que peu de musiciens de profession, les œuvres sont toujours choisies parmi le grand répertoire (à titre d'exemple, en 2014, la Leone produisait *Il Trovatore* de Verdi, et La Stella *Nabucco* du même compositeur).

Pendant les mois qui précèdent les représentations données à quelques jours d'intervalle, la ville de **Victoria** (Rabat) est en ébullition. La préparation des deux spectacles mobilise à peu près les 7000 habitants de la ville, tous bénévoles. Chacun contribue à sa manière à la réussite de l'opéra du club auquel il est attaché... Chaque société garde évidemment le secret quant à l'œuvre choisie, les moyens mis en œuvre, les voix recrutées (les rôles principaux sont confiés à des chanteurs de renommée internationale... souvent surpris de se voir sollicités pour une seule représentation!), les décors et les costumes... tout en s'efforçant d'obtenir le maximum d'informations sur ce que l'autre société prépare! L'enjeu étant bien sûr d'éclipser le spectacle du club concurrent.

La rivalité fut longtemps féroce, mêlant espionnage et esprit potache – et s'étendant parfois à des conflits qui n'avaient rien de musicaux.

Lorsque les deux clubs découvrirent, le jour du premier spectacle qu'ils avaient choisi de produire la même œuvre, les limites de cette rivalité obstinée apparurent clairement, non sans susciter de nombreuses réactions humoristiques. Depuis, si l'appartenance à l'une des sociétés reste importante pour les habitants de Victoria, les choses se passent de manière plus apaisée et plus transparente...

Pour connaître le programme des prochaines représentations uniques, consulter les sites de La Stella (www.lastella.com.mt) et de Leone (www.leone.org.mt)

Le carnaval de La Valette.
Ph. Renault / hemis.fr

RONSON

Gastronomie

ENTRE TERRE ET MER

De manière générale, les spécialités locales sont peu nombreuses et la cuisine maltaise a sans doute souffert de l'influence de la gastronomie britannique!

Puisqu'il s'agit d'une île, le **poisson** est abondant. Les plats typiques sont l'*aljotta* (soupe de poisson) et les diverses préparations à base de poissons locaux : *ayyjola* (cavaille), *cerna* (mérou), *lampuki* (dorade) et *pixxispad* ou *pesce espada* (différents noms de l'espadon), de septembre à novembre. Ce dernier est le préféré des Maltais qui attendent avec impatience que commence la saison de sa pêche. L'espadon à la maltaise est servi dans une sauce relevée à la tomate et aux câpres. Une autre spécialité est la dorade en croûte, *torta tal-lampuki*, mijotée avec tomates, oignons, olives et divers autres légumes. Vous pouvez aussi essayer des poissons plus exotiques : *dott* (serran), *dentiyi* (loup) et *sargu* (loup blanc).

Mieux vaut oublier les bovins qui sont très rares à Malte. La viande la plus populaire est le *fenek* (lapin), préparé soit *biz-zalza* (en ragoût), soit sauté. Le lapin est le plat incontournable dans toute célébration maltaise, et une soirée traditionnelle *fenkata* inclura généralement au menu des spaghettis assaisonnés d'une sauce au lapin, puis du lapin suivi de noix et de figues. Les visiteurs qui ont la patience d'ôter les petits os se régalent de cette viande délicate. Les saucisses maltaises, en chapelet plutôt qu'à couper en tranches, sont bonnes. Elles sont souvent aromatisées au citron et aux herbes.

Les **plats de pâtes et de fromages** témoignent de l'influence italienne. Les deux spécialités les plus prisées sont, d'une part le *timpana*, macaroni gratinés à la viande, à l'œuf et au fromage, recouverts de pâte feuilletée, et d'autre part le *ross-fil-forn*, un plat de riz cuit au four avec œufs, tomates, safran et viande. On les trouve parfois en vente dans la rue en portion servie dans une barquette comme plat à emporter. Autres plats typiques, le *ravjul* d'origine italienne qui s'apparente aux raviolis au fromage.

QUELQUES PRODUITS À DÉGUSTER

Si vous visitez Malte en août, ne manquez pas la saison, très courte, des **figues de barbarie** qu'il ne faut jamais toucher à main nue!

De façon générale, tous les fruits et les légumes sont délicieux. Ils sont vendus dans des petites camionnettes par les maraîchers eux-mêmes, dans les villes ou sur les bords des routes.

Le **miel** de Gozo est excellent, ainsi

que l'huile d'olive. Ne partez pas sans avoir goûté au **ġbejna,** le petit fromage de chèvre frais ou sec.
Le pain maltais (*ħobż*) est délicieux, certains boulangers de village utilisent encore les traditionnels fours à bois. Le plus réputé est celui de Għarb et de Qormi.

SUR LE POUCE

On peut facilement calmer les petites faims à Malte, aussi bien dans un café que dans la rue ou dans les *pastizzerija*, nombreuses petites boutiques qui vendent des sortes de petits pâtés chauds *pastizzi*, à la ricotta, ou bien un *qassatat*, petit pâté rond en croûte fourré de fromage ou de pois chiches écrasés, appelé parfois *pizelli*. À midi, le casse-croûte de rigueur est le *ħobż biżet* (ou *ħobż biż-żejt*) que l'on peut traduire par « pain et huile ». C'est le sandwich méditerranéen typique fait de pain frotté de tomate, ail, câpres et huile d'olive, garni de thon, olives et salade. On le sert aussi grillé (comme la *bruschetta* italienne) en entrée au restaurant. Vous trouvez parfois le *ħobż biż-żejt* sous le nom de « Maltese bread » (pain maltais).
Sortie également du four du boulanger, la *ftira* est un excellent en-cas pour le déjeuner comme pour l'apéritif. Version maltaise de la pizza, sa pâte légère est garnie de légumes ou de viande.
Côté douceurs, les *imqaret* sont de délicieux gâteaux aux dattes. Le nougat est lui aussi très apprécié et il est toujours en vente dans la rue pendant les *festas*.

BOISSONS

Typique et très populaire, la **kinnie** est une boisson gazeuse non alcoolisée et désaltérante, à base d'oranges amères et d'herbes aromatiques. Vous ne la trouverez qu'à Malte.
Les Maltais doivent aux Italiens leur café et aux Anglais leur thé. L'influence britannique se traduit également par le quasi-monopole de deux marques de **bière**. Il y a déjà longtemps qu'on ne boit plus guère de *pale ale* (bière claire) en Grande-Bretagne, mais le record des ventes à Malte est toujours détenu par la bière blonde légère *Hopleaf Pale Ale*, suivie de près par la *Cisk Lager*.
La culture de la **vigne** a sans doute été introduite à Malte par les Phéniciens comme partout ailleurs sur le pourtour de la Méditerranée. Négligée lors de l'occupation arabe, elle retrouva son essor sous les Chevaliers et fut à nouveau abandonnée et remplacée par la culture du coton. Les dernières décennies ont vu l'essor de plusieurs domaines viticoles gérés par des entreprises familiales. On trouve maintenant à Malte et à Gozo plus d'une quarantaine de crus différents. Une visite des caves des vignobles de Marsovin ou de Meridiana *(voir Nos adresses p. 80)* invite à apprécier les subtilités de cette production. Gozo produit ses propres vins robustes, un peu difficiles à trouver, à la saveur corsée.
La liqueur nationale, **Tamaki**, extraite des gousses du caroubier, se déguste après le repas.
Voir aussi Artisanat p. 129.

Artisanat

Longtemps l'apanage des paysans et des marins, encouragés par les Chevaliers qui étaient de bons clients, l'artisanat s'est particulièrement développé à Gozo. Ce qui justifie l'existence sur cette île des musées du Folklore de Għarb et de Victoria. Avec l'essor du tourisme, plusieurs centres ont été créés pour regrouper les différentes activités. Les deux plus importants sont Ta'Qali Crafts Village, près de Mdina, et Ta'Dbiegi Crafts Village, près de St Lawrence à Gozo (*voir Nos adresses p. 79 et 82*). Cependant la plupart des objets sont en vente partout sur les deux îles (vérifiez bien la provenance!).

BIJOUX ET ORFÈVRERIE

Le travail de l'argent et de l'or est de loin le plus intéressant. Toutes formes de bijoux sont proposées. Il s'agit d'ouvrages souvent très fin utilisant la technique du **filigrane.** C'est ce que Malte offre de plus beau et de plus original en matière d'artisanat. Outre les multiples modèles de croix de Malte, il existe toutes sortes de beaux objets décoratifs ou utilitaires. Dans certains endroits, on peut voir travailler les artisans, notamment à La Valette où plusieurs rues sont dédiées aux bijoutiers et orfèvres.

DENTELLE

Activité féminine, dont la tradition se transmettait de mère en fille ou à l'intérieur des couvents, la dentelle est une des spécialités de l'île. Ce fut même un produit d'exportation, le coton maltais étant réputé pour sa blancheur liée à l'intensité du soleil (aussi blanc que du coton maltais, « as white as maltese cotton », disaient les négociants). Si la plante n'est plus cultivée à l'heure actuelle, il existe encore sur l'île un grand choix de napperons, nappes, serviettes de table, châles et mouchoirs. Toutefois, les dentellières se faisant rares, il faut se méfier des imitations venues d'Extrême-Orient.
Si le temps se rafraîchit ou si le vent est trop âpre, pensez à acheter un lainage local. Ces gros pulls rappellent les pulls irlandais.

VERRERIES ET CÉRAMIQUE

Activité plus récente, le travail du verre est de bonne qualité. Dans les ateliers verriers des deux villages artisanaux de Ta'Qali à Malte et de Ta'Dbiegi à Gozo, vous pourrez encore admirer le processus artisanal de soufflage du verre (*voir Nos adresses p. 79 et 82*).
La plupart des maisons ont leur nom écrit sur une plaque de céramique en lettres de couleur, Santa Maria, Jeanne d'Arc, Christ Roi, Sainte Rita... On trouve ces céramiques (et beaucoup d'autres, des vases, des plats, des lampes, etc.) dans la boutique attenante à la belle Villa Bologna à Attard (villa de Lord

Strickland, ancien Premier ministre de Malte, dotée du plus grand jardin privé de l'île, *voir Nos adresses p. 80*).
Autres objets à rechercher, les heurtoirs de porte en cuivre ou en fonte, principalement en forme de croix de Malte ou de dauphin, inspirés des anciens modèles que l'on retrouve dans les centres-villes.
La longue tradition de la ferronnerie remonte elle aussi aux Chevaliers de Malte.

SAVEURS SUCRÉES ET SALÉES

Que rapporter dans son panier? Après deux siècles d'occupation anglaise, Malte retourne à ses sources et retrouve le goût de certaines de ses spécialités méditerranéennes gorgées de soleil.
Le miel du pays, clair et liquide est délicieux, principalement celui de Gozo.
L'huile d'olive est encore un produit rare, bien que la culture de l'olivier, aujourd'hui en pleine expansion, remplace petit à petit celle du coton.
À Wardija dans le centre de l'île, Sam Cremona agriculteur et propriétaire d'un pressoir, vient de redécouvrir l'olive blanche. Mentionnée par Cicéron, mais longtemps cantonnée au rang de fruit mythologique, l'olive blanche pourrait bientôt devenir l'un des produits phares de l'agriculture maltaise *(sur RV seult - The Wardija Olive Press Wild Roses, Triq Il-Madonna Ta'L-Abbandunati, Wardija - ✆ 2158 2294).* Les câpres, les confitures d'oranges, de citrons et de figues, le sel, les nougats, les tomates séchées et les différentes tapenades…, la liqueur de figue de barbarie, *bajtra* liqueur (que l'on vous sert après les agapes du 31 décembre!), ou encore le sirop de caroube qui soigne la gorge.
Il existe un seul fromage de production typiquement maltaise : le *ġbejna* (ou *ġbejniet*) réalisé à partir du lait de chèvre ou de brebis. Autrefois souvent accusé de donner la fièvre de Malte, les contrôles sanitaires actuels le blanchissent de tout soupçon.

Célèbres Maltais

Si **Corto Maltese** est sans doute le plus connu des Maltais en France, le personnage d'Hugo Pratt n'a de maltais que le nom… et la naissance (il serait en effet né à La Valette en 1887, des amours d'un marin britannique et d'une gitane de Séville qui se seraient rencontrés à Gibraltar). L'archipel a cependant donné de nombreuses personnalités peut-être moins fantaisistes… mais également ouvertes sur le vaste monde.

LE GRAND MAÎTRE

Né au château de Labro dans le Quercy, **Jean Parisot de La Valette** (1494-1568) rejoignit l'Ordre de Saint-Jean à 20 ans. Fait prisonnier par Dragut, il fut galérien pendant trois ans jusqu'au paiement de sa rançon. Il fut ensuite nommé gouverneur de Tripoli (jadis propriété de l'Ordre), puis général des galères, avant d'être élu Grand Maître à l'âge de 63 ans. Il fallait à l'Ordre, menacé par Soliman le Magnifique, un chef autoritaire, homme de foi, aux qualités militaires incontestées. Intelligent et d'un courage exemplaire, La Valette, qui s'était déjà battu à Rhodes contre les Ottomans, sera le héros vainqueur du Grand Siège en 1565. Trois ans plus tard, il s'éteint après avoir posé la première pierre de la ville forteresse qu'il a mise en chantier et qui portera son nom. Il est enterré dans la crypte de la co-cathédrale St-Jean où l'on peut voir son gisant.

LE PIRE ENNEMI

Dragut (1500-1565), le corsaire barbare, décrit par l'historien Fernand Braudel comme le « plus dangereux corsaire mangeur de blé sicilien », est né grec orthodoxe près de Bodrum sur la côte de la mer Égée. Enlevé à l'âge de 12 ans par les Ottomans, converti de force à l'islam, il fut l'un de leurs grands amiraux (Torgut Reis). Domestique d'un corsaire, il devint le protégé et l'émule de Barberousse. Prisonnier en 1540, il fut galérien sur un bateau chrétien pendant quatre ans. En 1551, il fit prisonnier et réduisit en esclavage 5000 Gozitains. Maître de Djerba et de Tunis, il rejoignit les Turcs au siège de Malte, en 1565, avec quinze galères, et fut tué par un boulet de canon sur la pointe qui porte son nom. Il fut enterré à Tripoli en Libye. À noter qu'un de ses nombreux repaires se trouvait à Porto-Vecchio en Corse.

LE SAINT LOCAL

Le prêtre maltais **George Preca** (1880-1962) est le fondateur de la Societas Doctrinae Christianae, appelée aussi Museum. Présent actuellement sur différents continents, l'ordre se compose de laïcs travailleurs et célibataires qui se consacrent à la catéchèse. Preca a rejoint le carmel dont il respectait la règle. Auteur d'ouvrages, il divulgua en langue maltaise la parole chrétienne. Il a été béatifié par Jean-Paul II en 2001 et sanctifié par Benoît XVI en 2007.

LE MAÎTRE DE LA LANGUE

La bataille de la langue officielle fut longue et tumultueuse : le maltais l'a emporté, avec l'anglais, contre l'italien. **Mikiel Anton Vassali**, (1764-1829), né à Żebbug (où sa statue figure près de l'arche de Rohan), est le héraut de la langue maltaise *(voir p. 135)*. Lassé d'entendre ses compatriotes s'exprimer en latin, en italien, en français, en espagnol, en portugais, en sicilien et seulement de temps en temps en maltais, après avoir découvert à Rome l'importance des langues orientales, il rédige un alphabet, des lexiques, une grammaire et un dictionnaire *Lexicon Melitense* et traduit les Évangiles. Séduit par les idées révolutionnaires, en désaccord avec la politique de l'Ordre, il fut accusé (avec d'autres) de complot contre l'État, condamné à la prison à vie, emprisonné, il s'échappa et rejoignit la garde nationale de Bonaparte. Il fut à nouveau arrêté, déporté en Tunisie. Après un séjour en France où il devint agent du gouvernement pour le coton, il rentra à Malte où il mourut dépourvu de biens.

LE PHILOSOPHE MÉLOMANE

Peter Serracino Inglott (1936-2012), professeur de philosophie et ancien recteur de l'université de Malte, a été étudiant à l'Institut catholique de Paris avant d'enseigner quelques années à la Sorbonne. Ce prêtre, qui se préoccupa beaucoup de la défense de la Méditerranée, est un encyclopédiste, conseiller influent de différents hommes politiques maltais. Ami des arts et des lettres, grand mélomane, il a notamment écrit plusieurs livrets d'opéra (*Compostella, The Maltese Cross*...). Une figure incontournable de la culture maltaise.

DEUX POÈTES CONTEMPORAINS

Olivier Friggieri, né en 1947, professeur de littérature maltaise à l'université, est un des grands poètes maltais contemporains. Il est également l'auteur d'une histoire de la littérature maltaise. À lire en français ses nouvelles, *À Malte, histoires du crépuscule,* et ses poèmes, *Le Rituel du crépuscule*.

Immanuel Mifsud, né en 1967, fils d'ouvrier, écrit des poèmes très jeune, puis des pièces de théâtre. Il créa une compagnie théâtrale expérimentale. Il enseigne à l'université.

UN GRAND COMPOSITEUR

Charles Camilleri (1931-2009) est un compositeur de renommée internationale. Sa musique est jouée dans le monde entier. Il trouve ses sources dans la musique folklorique traditionnelle maltaise. Il compose en 1995 un opéra dramatique *The Maltese Cross* qui a pour cadre historique le Grand Siège et dont le livret a été écrit par Peter Serracino Inglott *(voir ci-contre)*.

UN TÉNOR À LA VOIX D'OR

Joseph Calleja, né en 1978, à Attard, a commencé le chant à 15 ans. Découvert par le ténor maltais Paul

Asciak, il débute très jeune à Gozo, dans le rôle de Macduff *(Macbeth)* en 1997. Très vite, il interprète les plus grands rôles d'opéra sur les plus grandes scènes internationales. Il est actuellement rattaché au Metropolitan Opera de New York. Il revient chaque été à Malte donner, en plein air, un concert exceptionnel.

L'ARTISAN DE L'INDÉPENDANCE

Deux hommes politiques très populaires ont imprimé leur marque sur la jeune République maltaise. **Dom Mintoff** (1916-2012) est l'un des principaux militants pour l'indépendance de Malte (retrait de l'Otan, rupture avec la couronne britannique, proclamation de la république). Passant plusieurs fois du pouvoir à l'opposition, il est nommé quatre fois Premier ministre. Durant ses mandats il favorise le rapprochement avec la Libye et avec certains États socialistes, notamment l'Union soviétique, la Chine et la Corée du Nord. Sur le plan de la politique économique et sociale, Dom Mintoff mène un programme de nationalisations et met en place les structures d'un État fort. Il prend des distances avec l'Église ce qui est inusité pour un homme politique maltais, et s'oppose fermement à l'adhésion de Malte à l'Union européenne. Retiré de la vie active, son influence restera importante.

L'HOMME QUI PROMUT L'ENTRÉE DANS L'UNION EUROPÉENNE

Guido de Marco (1931-2010), éminent avocat pénal, fut le sixième président de la République de Malte de 1999 à 2004. Il avait été auparavant ministre de l'Intérieur, de la Justice et des Affaires étrangères. Fervent militant de l'adhésion de Malte à l'Union européenne, il a été président de la 45e session de l'Assemblée générale des Nations unies en 1990 et président de la Fondation du Commonwealth en 2004. Fin tacticien politique, il était un personnage charismatique et très populaire, dont le maître mot était la persuasion.

Les présidents de la République de Malte

Devenue une République indépendante en 1974, Malte a eu jusqu'ici huit présidents de la République, désignés par le Parlement. Le président de la République nomme le Premier ministre qui est le chef du parti majoritaire à la Chambre des représentants. Le Labour Party a été au pouvoir de 1971 à 1987, puis à partir de 2014 ; entre ces deux périodes, c'est le Nationalist Party qui a tenu les rênes de la nation. Voici la courte liste des présidents : Anthony Mamo (1974-1976), Anton Buttigieg (1976-1981), Agatha Barbara (1982-1987), Vincent Tabone (1989-1994), Ugo Mifsud Bonnici (1994-1999), Guido de Marco (1999-2004), Edward Fenech Adami (2004-2009), George Abela (2009-2014) et **Marie-Louise Coleiro-Preca** *(depuis 2014)*

La langue maltaise

D'origine siculo-arabe, le maltais est parlé par 500 000 locuteurs. Reconnu langue nationale par la constitution, le maltais est la première langue à l'école primaire, et une des deux langues universitaires avec l'anglais.

UNE LANGUE SÉMITIQUE

Unique langue sémitique de l'Union européenne et seule de ce groupe qui soit transcrite à l'aide de l'alphabet latin, elle cumule des influences multiples : phéniciennes, grecques, carthaginoises, latines, arabes, normandes, siciliennes, françaises et britanniques ! Le français, par exemple, se fait sentir dans les expressions de salut : bonjour se dit « bongu » et bonsoir « bonswa ». Pour rajouter à la complexité, le maltais diffère d'un village à l'autre. Enfin, les Maltais, dans une même phrase, peuvent s'exprimer en maltais, en anglais ou en italien.

COMMENT ÇA SE PRONONCE ?

U se prononce	**ou**
Z	**tse**
J	**y**
Ġ	**dj**
Ż	**ze**
Ċ	**tche**
E	**é**

W suivi d'une voyelle se dit **ou**.
Ħ est un H aspiré et le GĦ une consonne qui ne se prononce pas en début de mot.

QUELQUES MOTS UTILES

oui	*iva*
non	*le*
s'il vous plaît	*jekk joghgbok*
merci beaucoup	*grazzi hafna*
bonjour	*bongu*
bonsoir	*bonswa*
au revoir	*sahha*
bien	*tajjeb*
pardon !	*skuzani!*

Comment allez-vous ?
Kif inti?
Parlez-vous français ?
Titkellem bil-franciz?

rue	*triq*
bateau	*vapur/dghajsa*
plage	*bajja*
église	*knisja*
catacombes	*katacombi*
musée	*muzew*
1	*wiehed*
2	*tnejn*
3	*tlieta*
4	*erbgha*
5	*hamsa*
6	*sitta*
7	*sebgha*
8	*tmienja*
9	*disgha*
10	*ghaxra*
100	*mija*
1000	*elf*
ouvert	*miftuh*
fermé	*maghluq*

Pour prolonger le voyage

Quelques pistes de lecture pour les passionnés...

En France :
Caravage, Laurent Bolard, Fayard, 2010.
Histoire de l'Ordre de Malte, Bertrand Gallimard Flavigny, Tempus, Perrin, 2010.
La Méditerranée, Fernand Braudel, 3 tomes, Le livre de Poche, 1990.
La Religion, Tim Willocks, Pocket Stock, 2011.
Malta Hanina, Daniel Rondeau, Grasset, 2012.

À Malte (en anglais) :
The Conventual Church of the Knight of Malta, Cynthia de Giorgio, Midsea Books, 2010.
The Souvereign Palaces of Malta, Miranda Publishers, 2001.
Malta before History, Miranda Publishers.
Fortress Malta 360°, Stephen C. Spiteri, Miranda Publishers, 2007.
Gorgeous Gozo, Charles Cini, Daniel Cilia, Midsea Books, 2007.
Uncommon Malta & Gozo, Emma Mattei, Jon Banthorpe, Miranda Publishers, 2011.

Collection Le Guide Vert sous la responsabilité de Philippe Orain

Édition Irène Lainey, Delphine Storelli

Rédaction Marie-Isabelle Corradi, Irène Lainey, Noëlle Rondeau

Cartographie Thierry Lemasson, Géraldine Deplante, Denis Rasse, Isabelle Delouvy

Relecture Anna Crine

Remerciements Malta Tourism Authority, Mariella Bose; MCA Communication, Marie-Carole Ancelin de la Chapelle, Laura Pagès ; Didier Broussard, Marie Gaspar et Renaud Leblanc.

Conception graphique Laurent Muller (couverture et maquette intérieure)

Régie publicitaire et partenariats business-solutions@tp.michelin.com
Le contenu des pages de publicité insérées dans ce guide n'engage que la responsabilité des annonceurs.

QR Codes QR Code est une marque déposée de Denso Wave Incorporated.

Contacts Michelin
Guides Touristiques
27 cours de l'Île Seguin, 92100 Boulogne Billancourt
Service consommateurs : tourisme@tp.michelin.com
Boutique en ligne : www.michelin-boutique.com

www.voyage.michelin.fr

Parution 2015

Crédits photographiques p. 4-5
(de gauche à droite et de haut en bas)

B. Gardel / hemis.fr
F. Guiziou / hemis.fr
I. Lainey / Michelin
S. Descamps / hemis.fr
P. Langer / Design Pics / Photononstop
F. Guiziou / hemis.fr
B. Perousse / hemis.fr
B. Gardel / hemis.fr

Écrivez-nous

Michelin Travel Partner

Société par actions simplifiées au capital de 11 288 880 EUR
27 Cours de l'Île Seguin – 92100 Boulogne Billancourt (France)
R.C.S. Nanterre 433 677 721

Dépôt légal : 11-2014 – ISSN 0293-9436
Compograveur : Nord Compo, Villeneuve-d'Ascq
Imprimeur : Geers offset, Gent (Belgique)
Imprimé en Belgique : 04-2016

Usine certifiée 14001
Sur du papier issu de forêts gérées durablement (100 % PEFC)